CES SECRETS BIEN ENFOUIS

Aya Balbuena

Édition : BoD · Books on Demand GmbH,
In de Tarpen 42, 22848 Norderstedt (Allemagne)
Impression : Libri Plureos GmbH,
Friedensallee 273, 22763 Hamburg (Allemagne)
Impression à la demande

© Aya Balbuena, 2024
Tous droits réservés
Dépôt légal : Novembre 2024
ISBN : 978-2-3225-5447-8
Prix : 17,90€ TTC

Ce livre est une fiction. Toute référence à des événements historiques, des personnages ou des lieux réels serait utilisée de façon fictive. Les autres noms, personnages, lieux et événements sont issus de l'imagination de l'auteure, et toute ressemblance avec des personnages vivants ou ayant existé serait totalement fortuite.

Le Code de la propriété intellectuelle interdit les copies ou reproductions destinées à une utilisation collective. Toute représentation ou reproduction intégrale ou partielle faite par quelque procédé que ce soit, sans le consentement de l'Auteur ou de ses ayants cause est illicite et constitue une contrefaçon sanctionnée par les articles L335-2 et suivants du Code de la propriété intellectu.

Correction : Gaëlle Bonnassieux

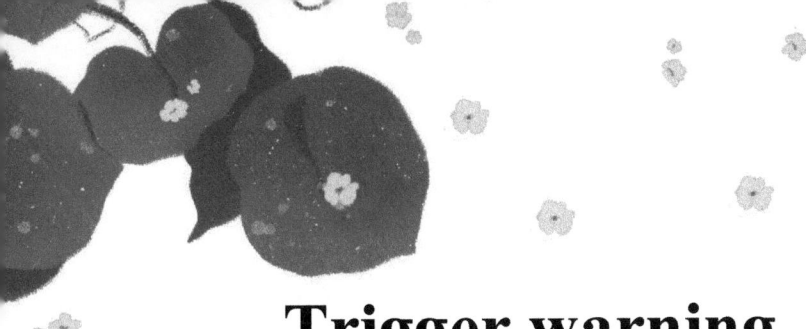

Trigger warning

Explicites : Meurtres, troubles du comportement alimentaire, crise d'angoisse, débuts de rapports sexuels (pas trop explicite promis ♥)

Mentionnés : agressions sexuelles et viols, famille violente, revenge porn, harcèlement scolaire, lesbophobie

Chapitre 1

Nika

Certains penseront que je suis suicidaire, je préfère dire que je suis impulsive. Depuis que je suis petite, c'est l'un de mes pires défauts. Jusqu'à il y a peu, je déballais les cadeaux de Noël avant même d'avoir terminé le souper du réveillon. Aujourd'hui encore, dès que je commande sur Internet, j'opte pour la livraison la plus rapide, même lorsqu'elle coûte le double.

Alors, quand je suis tombée sur la piste de la meurtrière la plus intrigante de la décennie, je n'ai pas hésité une seconde. J'ai foutu en l'air tout mon planning et réuni assez d'argent pour m'acheter un billet pour Paris. En moins d'une semaine, j'étais de retour en France.

Les vieux trains sans climatisation ne m'avaient pas manqué. Les sièges désagréables, recouverts d'une moquette puante et décolorée par la sueur des anciens passagers, encore moins. Par contre, j'apprécie les paysages visibles à travers les vitres rayées par quelques malins qui ont jugé cette solution plus durable qu'un graffiti en peinture. Avec nostalgie, je contemple les champs et forêts qui s'étendent jusqu'à l'horizon, peut-être même un peu plus loin. Le Massif central, toujours aussi vert qu'au printemps, puisqu'aucune canicule n'a encore frappé, éveille mon imagination. J'imagine des elfes et quelques fées s'occuper du bien-être des plantations de blé, puis, lorsque le jour arrive, se réfugier sous les châtaigniers.

Ici, je n'ai pas de planning particulier à respecter, si ce n'est la limite temporelle : je ne peux pas dépasser les 90 jours accordés par mon visa. Cette durée m'angoisse : c'est à la fois super court, mais suffisant si je parviens à bien m'organiser.

Les premiers jours, dans l'espoir de m'adapter au décalage horaire – et de profiter –, j'ai visité la capitale. J'ai redécouvert les quais de Seine pleins de vie, les restaurants trop chers des quartiers riches et le prix des livres, bien plus bas qu'au Québec.

Mes balades à travers ces beaux lieux ont essentiellement servi à nourrir ma page Instagram. Des jolies photos, quelques filtres dessus, puis je postais sur les réseaux sociaux, sans jamais mentionner la raison de ma venue en Europe.

Durant ces courtes vacances, justement, je me suis permis d'ignorer le cas de La Vengeresse. J'angoisse à l'idée d'être tombée sur une fausse piste, de me ridiculiser. Alors, pour me protéger, les gens doivent ignorer la nature de mon enquête tant que je n'aurai pas publié la vidéo finale. Garder l'effet de surprise, *drop* l'information comme une bombe, c'est pile ce qu'il me faut pour marquer les esprits.

Je suis à deux doigts de retrouver La Vengeresse et, si j'y parviens, ça me gravera dans l'histoire d'Internet, pas seulement francophone, peut-être aussi mondialement.

Enchantée à cette idée, j'appuie ma tête contre la vitre du train. Avec un grand sourire, j'observe la campagne française défiler. Après plusieurs heures supplémentaires, le train dépasse Montauban. Des champs de tournesols et de blé glissent à l'extérieur, parfois interrompus par de vieilles maisons en pierre beige pâle. Des tracteurs roulent sur les routes mal entretenues, des voitures tentent en vain de dépasser le train. Je découvre la ruralité française avec amusement, je n'ai jamais quitté les grandes villes.

Je me demande d'ailleurs pourquoi les tueurs en série se cachent peu dans les centres urbains. La Vengeresse espérait sans doute se faire discrète.

La Vengeresse, drôle de surnom quand on y réfléchit. La Vengeresse, on ne s'est pas foulés pour la trouver. J'emploie le pronom « on », car ce sont essentiellement nous, les influenceurs *true crime,* qui l'avons nommée de cette manière, quelques journalistes aussi. On l'appelle ainsi en raison de la nature de ses crimes, qui s'apparentent surtout à une forme de vengeance, parfois à de la défense à l'avance, pour « prévenir ». La Vengeresse ne tue que des hommes, et pas n'importe lesquels. Uniquement ceux accusés d'agressions sexuelles, viols ou *revenge porn.* À peu près tout le monde a déduit qu'il s'agissait d'une femme, d'où le fait que je la genre au féminin.

Enfin, d'abord parce que d'après mon enquête, il s'agit bel et bien d'une femme.

Au début, je comptais juste poster une vidéo *true crime,* m'inspirant un peu trop de celles qui pullulent déjà sur YouTube. Répéter ce que tout le monde sait déjà à propos de cette affaire, qui intrigue quand même assez pour qu'on clique dessus.

Toutefois, je souhaitais présenter cette série de meurtres sous un angle différent, présenter tous les crimes commis par les *victimes* de La Vengeresse. En quête d'informations nouvelles, j'ai fouillé les réseaux sociaux des habitants du Tarn, le département où se sont déroulés les meurtres. Je me suis perdue à travers des profils Facebook, Insta, et même TikTok. Les gens ont tendance à oublier les traces que leur présence digitale laisse et surtout que n'importe qui, s'il s'ennuie assez, peut remonter jusqu'à eux et explorer leur passé.

Assez vite, je suis tombée sur une personne. Nicolas, un mec qui semblait avoir plein d'amis en première année de droit, avant de se faire tuer, et surtout accusé de *revenge porn*. L'une de ses victimes se nommait Lou, sa plainte n'a jamais abouti. D'abord, je ne la suspectais pas, je la trouvais juste belle, attirante même. Solitaire, artistique, elle partage ses œuvres sur Instagram et parfois sur TikTok. Des peintures sombres, des dessins, quelques *selfies* : en somme, aucune piste sûre, juste des choses assez intrigantes pour que je m'attarde dessus. Un peu plus que nécessaire d'ailleurs, mais passons sur ce point.

Lou, vingt-trois ans, qui enchaîne les petits boulots.

Je n'ai déniché aucune preuve factuelle de son implication dans les crimes de La Vengeresse, même sur ses comptes anonymes.

Les arguments s'arrêtent à quelques sous-entendus sous les tweets d'une de ses amies et pas mal à mon intuition.

Alors, certes, quand on réfléchit deux secondes, mon

voyage à l'autre bout du monde se base en grande partie sur rien, le néant absolu. Je me trompe très sûrement, j'ai sans doute sacré en l'air toutes mes économies, mais je crois que j'avais besoin de vivre une *aventure*. Dans tous les cas, je trouverai plus d'informations pour ma vidéo sur place qu'au Canada. Cette escapade ne sera pas inutile, j'en suis persuadée.

On peut se dire que si j'ai trouvé toutes ces preuves, la police doit déjà être au courant. C'est possible, tout comme ça ne l'est pas. Ils ont peut-être questionné Lou, elle leur a peut-être donné un alibi qui pouvait tenir la route si elle n'était pas la suspecte principale.

— *L'Intercités numéro 8952 vient d'entrer dans son terminus Toulouse-Matabiau. Veuillez ramasser toutes...*

Je me lève du siège devenu inconfortable au bout de sept heures de train et ramasse mon sac à dos abandonné à mes pieds. Je le glisse sur mes épaules tandis que je zigzague entre les nombreux passagers bien trop lents desquels émane une terrible odeur de sueur froide. J'atteins l'espace entre les wagons, là où se trouvent les portes et, surtout, nos valises. Gris, mal illuminé, ce lieu déborde déjà d'humains impatients de fuir le train.

Je me cale sur le côté et ramasse ma petite valise noire. Assez légère, je la porte sans difficulté d'une seule main. Je n'ai pas emporté beaucoup d'affaires. D'abord parce que je n'en ai pas tant, aussi par paresse de trimballer des bagages lourds. Je ne suis pas sportive, je me contente, parfois, de courir un peu au parc à côté de chez moi, voilà tout. Donc, traîner une valise de je ne sais combien de kilos, ce n'est pas pour moi.

Je sors mon téléphone de ma poche, je l'allume en attendant que le train ralentisse. L'écran fissuré m'empêche d'en lire toutes les informations, je comprends juste que celui qui me mènera à ma prochaine destination partira dans moins de dix minutes.

C'est parti, Lou, je pars à ta recherche.

Chapitre 2

Lou

J'étale la colle sur mes faux ongles, que je presse ensuite contre mes doigts. Ils sont rose pâle, longs, embellis par des paillettes : de quoi donner l'impression d'être une fille coquette, superficielle, nunuche, c'est au choix. J'appuie fort, assez pour être certaine que le moindre coup ne les emportera pas en moins d'une seconde.

Sur mon téléphone, calé entre le mur et un oreiller, une série défile. Je n'y prête pas trop attention, elle sert de fond sonore à mes activités quotidiennes. M'apprêter, parce que j'aime bien me sentir jolie. Faire le ménage, parce que je déteste vivre dans la crasse. Pâtisser, parce que ça me permet d'être en contact avec la nourriture sans la manger.

Une odeur sucrée s'échappe d'ailleurs du four. Un vieil engin qui date d'il y a si longtemps que je m'étonne de le voir fonctionner. À l'autre bout de mon appartement, le moelleux au chocolat poursuit sa cuisson, bientôt prêt. Je le laisserai refroidir et, ensuite, je me lancerai dans la décoration de celui-ci. D'abord, j'achève ma manucure. J'ai décidé d'en faire une nouvelle lorsque j'ai perdu mes pouces en essayant d'ouvrir une canette d'Orangina.

Je colle le dernier ongle, celui de l'auriculaire. Satisfaite, je bondis hors du lit. Le parquet grince sous mes pieds, j'espère que le voisin n'a rien entendu. Parfois, il frappe le plafond quand il estime que je fais trop de bruit, tout ça alors même que je ne bouge pas.

Je hais la vie en appartement. Quoique, c'est plutôt le voisin que je déteste.

Sur cette réflexion, j'esquive la paire de chaussons en forme de lapin au bord du lit et me dépêche d'enfin quitter ma chambre. De l'autre côté de la porte se trouve la pièce centrale de l'appartement, qui combine cuisine, salon et buanderie en un seul lieu. Ici, le sol, en carreaux blancs, brille à la perfection, preuve de mon aspect plutôt maniaque. J'avance sur la pointe des pieds, surtout pour ne pas sentir la fraîcheur contre toute ma peau, mais aussi pour laisser le moins d'empreintes possible. Factuellement, ça ne rendra pas le ménage plus ou moins simple, j'en suis consciente. Pourtant, j'ai développé cette habitude. Je me fais petite, discrète, en somme, oubliable.

Je m'approche de l'étendoir en face de l'unique fenêtre de la pièce, les derniers rayons du soleil se faufilent à travers. Une légère chaleur découle de la lumière orangée, assez rassurante pour m'encourager à ramasser le linge sec.

D'habitude, c'est Violette qui me donne le coup de *boost* pour avancer dans mes tâches quotidiennes. À défaut de sentir sa présence, je me rattache à ce que je peux. Dans ce cas précis, une température agréable et le son de la série qui arrive jusqu'ici.

On pourrait trouver que je suis une personne contradictoire : maniaque, mais qui a besoin d'encouragements pour se lancer dans les tâches ménagères. En réalité, je ne trouve pas ces deux concepts opposés : on peut être obsédé par l'ordre tout en manquant d'énergie pour tout gérer au détail près. C'est mon cas ; le travail et la fatigue m'empêchent d'accomplir ce que je souhaiterais, alors je culpabilise souvent, emportée par le sentiment d'échec.

Par exemple, je suis une meurtrière qui n'ose pas tuer des fourmis par empathie.

Dans un geste brusque, je ramasse une chemise et quelques culottes qui pendent toujours. Parfois, la « morale » s'impose dans mon esprit, alors je dois me forcer à me distraire. Si celle-ci marque trop sa présence, je finirai suicidaire, rongée par une culpabilité qui n'a pas lieu d'être.

Je balance les vêtements sur la table centrale de la pièce. Je l'utilise en tant qu'appui pour les plier avec soin, pile comme me l'a enseigné la mère de Violette. Une petite tour de tissus, même une montagne, se forme assez vite, constituée de quelques chemises, de jupes et d'un pantalon. Je les abandonne sur une chaise et rejoins le four, d'où s'échappe une odeur plus qu'alléchante. Le four, positionné pile à la hauteur de ma poitrine, me donne une visibilité parfaite sur l'état du gâteau.

Enfin, quand ce ne sont pas des moelleux.

Je tourne le dos à la machine et fais face à l'évier plein de plantes et de fleurs. Hier, j'y ai entassé toute la verdure de mon appartement pour un arrosage collectif. Il faudrait que je les remette toutes à leur place respective, autrement, c'est le manque de soleil qui les tuera.

Cette pensée se fait vite balayer par ce pour quoi je fixais ce coin de la cuisine : prendre un couteau. J'ouvre un des tiroirs, celui où sont rangés les fourchettes, cuillères et les autres ustensiles de cuisine que j'utilise souvent. J'enroule ma main autour du couvert tandis que j'étire mon autre bras jusqu'à atteindre l'ouverture du four. Une intense chaleur s'échappe de son intérieur, elle me frappe le visage de plein fouet. Par réflexe, je tourne la tête en vitesse avant d'oser affronter la haute température.

Sous la lumière jaune, le gâteau légèrement gonflé attend que je lui enfonce le couteau en plein dans son centre. Si trop de pâte colle autour de la lame, ça signifiera qu'il n'est pas assez cuit, même s'il faut faire attention à ce qu'il ne le soit pas trop, puisque c'est un moelleux. Dans un geste un peu trop violent, je plonge le couteau dans la pâtisserie.

La lame s'enfonce dans le torse de Lucas.

Je lèche le chocolat sur la lame, la texture et le goût me comblent de satisfaction.

Du sang jaillit, le liquide ne cesse de couler. Des taches colorent mes vêtements.

Aucune hémorragie, la texture du moelleux est idéale. Je fourre mes mains dans les gants de cuisine et sors le moule. La chaleur atteint ma peau, je me dépêche alors de l'abandonner sur le plan de travail.

L'apparence appétissante du gâteau, accentuée par la délicieuse odeur de chocolat chaud, me met l'eau à la bouche. Je sais pourtant pertinemment que je ne le goûterai pas, qu'il sera un cadeau pour Violette. D'ailleurs, si je le lui offre, ça me donnera une excuse idéale pour sortir ce soir. Aussi, ça me permettra de rentabiliser mon maquillage d'aujourd'hui.

Chapitre 3

Nika

J'accélère le pas jusqu'au train et me faufile à l'intérieur, juste avant que ne retentisse la sonnerie indiquant la fermeture des portes. Elles glissent derrière moi, ce qui me provoque un léger sursaut en avant. Maladroite, je manque de chuter sur les quelques vélos appuyés contre le mur. Par chance, au vu de l'heure et surtout, du fait qu'on se trouve en pleines vacances, personne ne reste dans les petits espaces entre les wagons. Je suis donc la seule témoin de ma lamentable chute.

Tout de même honteuse, je circule entre les sièges. Du coin de l'œil, je repère une place vide du côté des vitres et y balance mon sac à dos. Simple moyen subtil d'éviter que quelqu'un ne me la pique.

Enfin à l'aise, je faufile ma main dans ma poche de pantalon et y attrape mon téléphone. Je réponds aux messages de mes quelques connaissances qui vivent dans le Sud, l'une d'elles souhaiterait d'ailleurs qu'on profite de ma venue pour filmer une vidéo ensemble. Sociable, comme à mon habitude, je réponds à l'affirmative et lui demande ses disponibilités. À présent dans de bonnes dispositions pour profiter de ce court trajet, je glisse ma valise sur la place de droite, inoccupée.

Le crâne appuyé contre l'arrière du siège, je profite du paysage qui défile sous mes yeux. Des champs glissent, encore et encore, à la différence que ce n'est plus de blé. Sur certains poussent des vignes, sur d'autres d'immenses tournesols. Parfois, des maisons interrompent les plantations. Des familles se baignent dans les piscines gonflables au fond de leur jardin, profitant du soleil encore présent.

Ce train régional ne marque pas d'arrêt à toutes les villes. Alors, à toute allure, il traverse des gares vides aux drôles de noms.

D'autres fois, ce ne sont pas des habitations, mais des rangées d'arbres qui interrompent les longues étendues de champs. Je ne savais pas le sud de la France aussi vert, pour une drôle de raison, j'imaginais un climat assez sec. Il doit faire bon vivre par ici.

La voix robotique du train annonce qu'on atteint bientôt ma destination, je me redresse sur le siège. Le casque vissé à mes oreilles a beau réduire le son environnant, il ne permet pas de le supprimer. Aujourd'hui, je ne suis pas d'humeur musicale, je souhaite juste profiter du silence d'un train vide, et l'annonce insupportable des stations l'interrompt.

En réalité, ce train reste bruyant. Les rails grincent et gémissent sous le passage de la machine trop lourde, les vitres vibrent et créent un léger son répétitif.

Je pense juste être fatiguée, ce qui me pousse à devenir davantage sensible.

De l'autre côté de la fenêtre, une usine abandonnée et un cimetière m'indiquent qu'on atteint bientôt la ville. D'une main, j'attrape mon sac à dos et de l'autre, la valise. Je me plante devant la porte, attendant qu'on atteigne le quai. Le panneau bleu désigne le nom de mon arrêt, le TER roule encore quelques ultimes mètres, puis cesse. J'appuie sur le bouton pour ouvrir les portes et bondis sur le sol gris, recouvert de chewing-gums abandonnés et de taches indéchiffrables.

Lou vit ici, dans cette ville qui ne dépasse pas les 15 000 habitants. Autrement dit, je la croiserai bien vite. Enfin, d'abord, je souhaiterais m'installer dans l'Airbnb que j'ai loué, parce que j'ai besoin d'une immense sieste.

Je quitte la gare complètement vide et m'aventure dans une route sans passage piéton ni voitures. Je zigzague entre le bitume et le trottoir, essayant de comprendre où se trouvent la gauche et la droite sur Google Maps. Je passe devant ce que je déduis être une école primaire, en tout cas pour sûr un établissement scolaire.

J'envoie un message à mon hôte et fronce les sourcils, sans rien comprendre à l'itinéraire à prendre. L'application me propose d'emprunter un bus, mais refuse de m'indiquer le prix de celui-ci. Par chance, je remarque qu'il y en a un qui s'arrête à quelques mètres de moi, en face d'une place pleine d'arbres et de blocs de béton censés servir de bancs. Je me précipite vers le transport en commun, craignant qu'il ne parte sans moi, ce qui n'arrive pas, car la conductrice semble m'avoir remarquée. Une femme d'environ la quarantaine, qui m'adresse un sourire chaleureux, m'encourageant d'un geste de la main à monter.

— Il ne faut pas payer ? je questionne timidement, toute proche de la porte en verre.

— Ah, non, le bus de la ville est gratuit ! m'assure-t-elle. Tu ne viens pas d'ici ?

— Non, du Québec…

La chauffeuse vient d'avoir une soudaine illumination. En tout cas, c'est l'impression qu'elle donne quand son visage s'illumine et qu'elle frappe ses mains entre elles.

— Maintenant que tu le dis, c'est vrai ! Mais ton accent est assez discret.

Je réponds par un sourire poli, même si un poil crispé, moyen acceptable de faire comprendre que je ne souhaite pas poursuivre la discussion. J'ai vécu en France durant mes années collège, ce qui a suffi à me faire perdre une partie de mon accent parce que, bien sûr, les Français se moquaient.

Je balaye vite ces tristes souvenirs loin de moi. Je m'avance entre la rangée de places presque vides. Seules de vieilles femmes aux sacs remplis de courses occupent les sièges bleu ciel. L'unique jeune présente s'est positionnée sur un des strapontins au fond du véhicule.

Je reconnais cette fille, ses longs cheveux noirs et le tatouage de cœur sur sa joue droite. Assise au fond du bus, l'air presque fragile, Lou sert contre elle ce que je devine être un gâteau.

Mon sang se fige, mon corps entier s'immobilise en synchronie. Un long frisson de terreur et d'impatience me traverse.

Je l'ai déjà trouvée.

Chapitre 4

Lou

Je hais la sensation de boule au ventre, quand mon corps entier se paralyse, que mes membres paraissent si lourds qu'il devient impossible de les bouger. Seules mes pensées maintiennent leur rythme habituel, avec l'unique objectif d'accentuer mon malaise et mes peurs. Elles me gueulent qu'on m'observe, que je suis suivie. Parfois, elles m'encouragent à hurler de peur et à courir loin, loin de la ville, de Violette, de tout ce que je connais. La plupart du temps, j'arrive à ignorer la paranoïa mais, vicieuse, elle attend toujours un moment de faiblesse pour m'attaquer. Aujourd'hui, la fatigue lui a paru être un bon prétexte. Alors, elle empoisonne toutes mes pensées et mes émotions, me persuadant qu'on enquête à mon sujet, qu'on m'espionne ou même, qu'on cherche à se venger.

Pourtant, si je mets de côté mes paniques irrationnelles et que je réfléchis deux secondes, je dois admettre que tout est normal. Parfois, on me fixe juste en raison de mon style vestimentaire, tout au plus. Je ne le juge pas extravagant, même s'il l'est assez pour attirer l'attention dans une petite ville. Suffisamment en tout cas pour me valoir des regards désobligeants de la part de quelques vieilles et de jeunes fermés d'esprit.

Je comprends assez vite ce qui a causé cette soudaine crise : c'est la présence d'une inconnue dans le bus. Certes, je ne connais pas personnellement tous les jeunes de cette ville, toutefois, ma mémoire photographique me permet de me souvenir de leurs visages. Alors, cette fille aux cheveux courts sortie de nulle part a déclenché une panique qui n'a pas lieu d'être. Ce n'est qu'un membre d'une famille, une touriste, une amie… Bref, rien de bien inquiétant ou qui me concerne.

Je me force à vite l'oublier et me concentre sur le gâteau posé sur mes jambes. L'odeur agréable de chocolat s'échappe du tissu qui recouvre la pâtisserie et, les paupières closes, j'inspire avec force pour mieux la sentir. À défaut de goûter à cette pâtisserie, je profite du peu de réconfort qu'elle peut m'offrir avant que je ne l'abandonne chez Violette.

Ce moelleux ne peut pas rester chez moi, autrement, je le dévorerais en une soirée, et les regrets seront si grands que je ne mangerai plus pendant deux jours. Pour éviter cette crise, autant passer du temps chez ma meilleure amie. On discutera ensemble, on regardera un film, et elle me forcera à avaler au moins une part de gâteau. En compagnie de Violette, je me sens à l'aise, heureuse et, surtout, comprise. Cette fille rend le monde doux et magnifique, un peu comme une fée magique qui annule tous les dégâts des méchants à la fin d'un conte.

Putain, qu'est-ce qui me prend ?

J'essaye d'être poétique alors que j'ai abandonné les études en première et que j'ai moins de vocabulaire qu'un lycéen. Adieu les beaux mots, soyons réalistes deux secondes. La seule qui me supporte encore, c'est Violette, donc je l'idéalise. En même temps, lorsque je passe du temps avec elle, j'ai la sensation de vivre un long soir d'été au bord de la plage, ce genre d'instant où on se sent en paix et si légers.

J'ouvre les yeux. Le mascara pas complètement sec colle mes cils du bas à ceux du haut, ce qui m'arrache une grimace agacée. En vitesse, j'attrape mon téléphone et ouvre l'appareil photo pour m'assurer qu'aucune trace noire ne décore le bas de mes cernes. Au même instant, le bus atteint l'arrêt du grand parc. Avec ses hauts arbres, pleins de feuillage vert, personne ne peut le manquer. Je me dépêche alors de descendre et remercie d'une voix inaudible la conductrice.

Je presse le pas, je ne me trouve qu'à quelques rues de la maison de Violette. J'esquive les nombreuses crevasses sur le sol mal en point, me demandant si la mairie compte un jour rénover ces quartiers. Parfois, je m'amuse à donner des coups de pied dans les cailloux autour de trous, ils rebondissent à plusieurs reprises avant de s'immobiliser, comme si je ne les avais jamais touchés. Autour de moi, aucun son ne se fait entendre, si ce n'est le léger vent qui souffle contre mes oreilles. De temps à autre, il s'intensifie, de quoi faire claquer les volets colorés des maisons.

J'apprécie le quartier derrière le parc, car il est d'un calme sécurisant. Il s'étend sur ce qui semble être des kilomètres, ce qui me permet de découvrir de nouvelles ruelles tous les ans. Jamais je ne croise de voisins, juste leurs silhouettes à travers les fenêtres, où parfois, on devine la présence d'une télé animée. Les couleurs changent vite, se reflétant sur les rideaux derrière lesquels se cachent les enfants lorsqu'ils jouent à cache-cache.

La vie ici s'arrête à ces quelques constats. J'aime

ressentir la solitude, quand rien d'autre n'existe dans ce monde.

Malheureusement pour moi, ce sentiment apaisant se brise en une seconde. Un craquement de branche attire mon attention juste derrière. Sur mes gardes, je me retourne et zieute la rue. Derrière un lampadaire, je reconnais la fille qui est montée dans le bus quelques arrêts après moi, le visage tout rouge.

Soit il s'agit d'une personne irréfléchie qui décide de *stalker* la première personne qu'elle croise, soit d'une enquêtrice qui m'a démasquée. Dans les deux cas, je suis dans la merde. Une épaisse goutte de sueur coule sur ma joue tandis que je réfléchis à la manière adéquate de réagir.

— Si t'es une *stalkeuse* chelou qui me suis, j'te jure que…

— Non ! m'interrompt-elle, indiquant du doigt son téléphone et ce que je comprends être Google Maps. J'essaye de trouver mon Airbnb.

— Ah.

Rien que ça. Une touriste paumée – j'ai établi que c'était une touriste à partir de son accent.

J'effectue quelques pas en direction de la perdue, qui baisse les yeux, un sourire satisfait s'impose sur mes lèvres.

Avant, c'était moi qui craignais les autres.

— Tu veux de l'aide ? je propose.

— N… Non, merci. J'arrive à suivre Google Maps.

— Très bien, à la prochaine alors !

Mon intuition me dit que je recroiserai cette personne, d'où ma réponse. Pour l'heure, j'atteins enfin la maison de

Violette. Je reconnais les volets lilas et l'immense porte de couleur acajou que j'ai toujours jugée laide. Toutes les fois où j'ai encouragé ma meilleure amie à la changer, elle a refusé, prétextant que ses parents lui en voudraient à tout jamais. Elle vit seule dans la maison familiale, car ses géniteurs sont partis travailler en Angleterre *seulement* deux ans. Je dis « seulement » parce que cette période approche de sa fin, ce qui agace Violette, à présent habituée au confort de la solitude. Et surtout, de la grande maison.

Contrairement à moi, elle a toujours été chouchoutée par ses parents. Fille unique d'une famille de la classe moyenne, elle n'a pas connu la richesse, mais assez de stabilité pour vivre une enfance insouciante. En primaire, elle jouait à *Animal Crossing* sur sa DS et collectionnait les billes super rares. Au collège, elle s'habillait avec de jolis vêtements, assez pour que les moqueries ne la visent jamais. Au lycée, elle s'achetait des téléphones quand elle cassait les siens et disposait d'assez d'argent pour me payer des kebabs. Lorsqu'elle a eu le bac, elle a étudié l'anglais à l'université d'Albi, à moins de quinze minutes d'ici. Elle n'a découvert le monde du travail qu'à l'occasion de son stage de fin de Master, il y a quelques mois. Bref, une vie de meuf privilégiée.

Je frappe à la porte, le son résonne à travers l'immense rue vidée de ses habitants. Malgré l'épaisseur de celle-ci, j'entends les pas pressés de mon amie qui dévale l'escalier, suivis par les clés qui dansent entre ses mains.

Enfin, elle m'ouvre.

— Tu vas bien aujourd'hui ? questionne-t-elle.

Sans me laisser le temps de répondre, elle attrape le gâteau d'entre mes mains. Je hoche la tête tandis que je me faufile à travers l'entrée. Une ambiance chaleureuse s'échappe du rez-de-chaussée pourtant sombre en raison de l'heure. Je connais l'emplacement de chaque meuble en bois, de chaque plante et photo de famille.

Néanmoins, cette fois, je ne me dirige pas vers l'étage. Je fonce jusqu'à la fenêtre de la cuisine, elle donne une large vue sur la rue si on se penche dans le bon angle.

La Québécoise tourne en rond non loin d'ici, les yeux rivés sur son portable. Elle me paraît sincèrement perdue et pourtant, je ne peux m'empêcher de douter à son égard.

— Est-ce que tu vas me prendre pour une folle si je te dis que je crois être suivie ?

Le souffle chaud de Violette me caresse le cou, elle se trouve juste derrière moi.

— Si je voulais te prendre pour une folle, ce serait déjà le cas vu tout ce que tu as fait.

Chapitre 5

Nika

J'abandonne mes chaussures au niveau de l'entrée. Beaucoup trop impatiente et surtout épuisée, je me laisse tomber mollement sur le canapé. La tête contre les coussins, je galère à respirer, ce qui ne me motive pas à bouger pour autant. Je reste à moitié allongée à quelques mètres de la chambre et du lit sans doute bien plus confortable.

Lorsque j'ai enfin compris l'itinéraire jusqu'à l'Airbnb, j'ai spammé d'appels le propriétaire pour m'excuser de mon retard. Bien qu'il m'ait assuré que ce n'était en rien grave ou important, la culpabilité et la honte ne m'ont pas quittée lorsqu'il m'a passé les clés du logement.

Quoique, je crois que mon malaise était dû à ma courte rencontre avec Lou. Elle paraissait à la fois sceptique et amusée face à mes actions réellement suspectes mais, pour le coup, involontaires. Il faudra que j'essaye de me montrer plus discrète à l'avenir.

Malgré ma bouche fermée, de la bave commence à couler de mes lèvres. Dégoûtée, je me redresse et découvre mon futur logement pour les semaines à venir. Décoré avec sobriété, de meubles noirs ou aux couleurs chaudes, l'intérieur m'apparaît assez accueillant. Le parquet et les épaisses poutres en bois au niveau du plafond contribuent à l'aspect convivial de l'appartement.

Derrière la cuisine ouverte, aussi peinte en noire, une fenêtre donne sur le grand jardin du propriétaire. Il m'a d'ailleurs invitée à m'y rendre les jours ensoleillés pour lire ou bronzer. Depuis ma hauteur, je distingue tous les recoins de celui-ci et repère un arbre aux immenses feuilles sous lequel je trouverai aisément de l'ombre. Peut-être que j'y passerai demain, ça m'a l'air d'être un bon spot d'écriture. Pour ce soir, il est déjà bien trop tard.

Je quitte la pièce de vie, ramasse ma valise abandonnée sur le sol et la glisse jusqu'à la porte entrouverte de la chambre. Je dépose mes affaires contre le vieux placard en bois et, cette fois, me laisse tomber sur le lit aux draps fleuris. La couverture sent bon la lessive, la même odeur s'échappe des oreillers. Ravie, je me cale contre eux et attrape mon portable.

À travers un rapide SMS, je préviens ma mère de mon arrivée. Notre relation, bien que cordiale, n'a jamais été des plus fusionnelles, encore moins depuis mon coming out. Je me contente de lui donner de vagues informations à mon sujet, assez pour maintenir un lien, mais surtout, pour qu'au moins une personne ait de mes nouvelles s'il m'arrive quoi que ce soit lors de ce voyage.

Je relis le message, j'ajoute un emoji bisou pour éviter qu'il ne sonne trop froid. Je passe ensuite sur l'application YouTube. Je vérifie les statistiques de ma dernière vidéo postée, un format assez différent de d'habitude, puisque j'y parle de ma passion pour l'écriture et de mes projets en cours.

C'est un immense flop.

Enfin, au niveau des vues. Pour les retours en commentaires, c'est une autre histoire : ils débordent de bienveillance et, par-dessus tout, d'intérêt pour mes créations. Pourtant, je ne dépasse pas les cent mille visionnages, or, mes publications *true crime* tournent aux alentours des trois cent mille.

Pour être honnête, ça fait mal à l'ego. Les gens s'intéressent à des vidéos certes bien réalisées, mais en rien personnalisées : n'importe qui pourrait reprendre mes scripts, mon montage et me remplacer. D'accord, j'ajoute quelques plaisanteries, et ma manière d'écrire est plutôt originale, pourtant je reste oubliable, et c'est terrifiant. Malgré tous mes efforts pour me trouver une personnalité, pour marquer les gens, *personne* ne s'intéresse à moi.

La preuve, tout le monde s'en fout de mes romans.

Ce n'est pas raisonnable, dans les faits, cent mille personnes, ça reste énorme. J'en suis consciente, sauf que faire taire la petite voix dans ma tête n'est pas la plus aisée des tâches.

Je réponds aux commentaires des rares abonnés intéressés par mes livres, je les remercie de m'accorder du temps, puis ferme l'application. Je passe ensuite à Instagram, hésitant à partager une story pour rappeler que j'ai publié une vidéo. J'abandonne assez vite cette idée. Les gens ne s'intéressent à moi que si j'ai quelque chose d'intéressant à raconter, et mes rêves ne le sont visiblement pas assez.

Dans l'espoir de me changer les idées, j'ouvre mes mails. Je lis les quelques propositions de partenariats douteux que je reçois, survole la réponse d'une journaliste contactée pour une vidéo et plante une demi-seconde face au message que je m'auto-envoie tous les mois pour me rappeler de gérer la comptabilité.

Oui, les notifications sur l'agenda existent, mais je panique toujours lorsque je reçois un mail avec pour objet : /!\ DÉCLARE TON ARGENT OU CONSÉQUENCES /!\.

Une fois cette partie agaçante de mon métier achevée, je retourne à Instagram. Je *scrolle* sur mon fil d'actualité et en profite pour observer le profil de Lou. Ce n'est pas du *stalking*, je suis juste curieuse. Dans le pire des cas, je peux dire que c'est pour le travail, puisque c'est véridique.

Elle vient de poster un dessin, un bonhomme bâton triste qui tourne la tête à un gâteau si détaillé qu'il m'impressionne. Je devine sans effort que l'illustration représente un rapport complexe à la nourriture, interprétation confirmée par le commentaire d'une certaine Violette.

ViolettePasLaFleur : Bouffe le gâteau ou je te forcerai !
L0uL00u : OK, Maman.

Mes nombreuses recherches pour mes anciennes vidéos m'ont enseigné une chose primordiale : les criminels aussi ont vécu. Avant de condamner les actes des personnes, il faut connaître leur passé et découvrir leur psychologie. Rien n'excuse, bien sûr, toutefois, il existe toujours des explications. Souvent, ces causes sont liées à notre société et aux défaillances de celle-ci, ce qui me permet de glisser des messages anticapitalistes dans toutes mes vidéos. Les valeurs que j'essaye de transmettre me valent d'être constamment traitée de *woke*, de gauchiste ou je ne sais pas trop quoi. En vrai, je dirais plutôt que je suis anarchiste, mais ce terme fait peur, est trop mal vu lorsqu'on devient une personnalité publique.

Bref, revenons à nos meurtriers. Comme chaque humain, ils ont des hantises, des rêves, des amitiés et même des passions, par exemple le dessin. Observer Lou avant qu'elle ne se fasse *éventuellement* arrêter et juger permet de l'humaniser, de rendre son histoire encore plus touchante auprès du public. Avec un peu de chance, je pourrai essayer de m'approcher d'elle pour apprendre à la connaître, du moins assez pour mieux raconter son histoire.

Si Lou n'est en rien liée aux séries de meurtres du coin, j'ai une autre idée de vidéo qui pourrait s'avérer tout aussi intéressante, qui pourrait justifier que je me rapproche d'elle. Un genre de format « documentaire » où je propose à des inconnus de raconter leur vie. J'adore l'humanité et, surtout, toutes les histoires qu'elle permet de raconter, chaque personne peut devenir le personnage principal d'un livre, et c'est ça que je trouve intéressant.

Alors, si Lou n'est qu'une fille lambda, elle reste tout aussi intéressante et intrigante.

Sur cette réflexion, je quitte Instagram avant que je ne *like* par mégarde une de ses publications, encore plus avec mon compte public. Je me hisse hors du lit et plonge ma main dans mon sac à dos, là où j'ai rangé ma caméra, mon ordinateur et aussi, mes affaires pour l'hygiène. J'agrippe ma pâte à dent d'une main, la brosse à dents de l'autre et m'approche de la porte juste en face de la chambre, je déduis qu'il s'agit de celle de la salle de bain.

Bingo.

La petite pièce, à peine assez grande pour moi, me met mal à l'aise. Je ne risque rien, la porte ne peut même pas se fermer à clé et pourtant, la claustrophobie me fait perdre ma rationalité.

J'inspire un coup et me concentre sur la décoration. À défaut de calmer mes angoisses, je peux les refouler.

Les toilettes et la douche se chevauchent presque, les serviettes pendent juste au-dessus des WC. Par chance, le miroir au niveau de l'évier est assez grand pour que je puisse y contempler mon reflet.

Je ne suis pas *si* superficielle comme personne, même si j'apprécie prendre soin de moi et de ma peau, avant infestée par l'acné et maintenant marquée par les cicatrices. Par contre, je prends si peu soin de mes cheveux qu'il y a quatre mois, j'ai préféré me les couper court pour éviter de me compliquer la vie.

Ce soir, la fatigue l'emporte sur l'habitude d'appliquer des soins anti-imperfection sur mes joues. Je me contente de me brosser les dents tandis que je méprise un peu plus ma coupe à chaque coup d'œil. Mes cheveux commencent à se faire trop longs, il faudrait que je me décide vite sur si je les laisse pousser ou non. Dans l'espoir d'ignorer le problème, je réunis les mèches qui glissent sur mon visage et mes yeux, dans une rapide queue de cheval. Pour finir, je crache juste la pâte dans l'évier.

Je vais reprendre ma spécialité : ignorer mes pensées négatives, me dire que j'y reviendrai plus tard. En réalité, procrastiner sa déprime est la meilleure solution pour se sentir heureuse, même si ce n'est qu'un sursis.

Meurtre

Son premier meurtre

Lou récite mentalement les conseils donnés par sa meilleure amie. Le plan de Violette lui paraît sans failles, il suffit de l'appliquer sans commettre une seule erreur, et tout se passera bien.

Après tout, c'est pour la bonne cause.

Après tout, elle a bien le droit de se venger, puisque personne ne le fera à sa place.

Violette a passé tant de semaines à observer cet homme qu'elle connaît tout à son propos. À présent, elle sait sur quels points faibles s'appuyer pour s'en débarrasser.

Tous les week-ends, il accompagne ses parents au café de la place centrale. À chaque fois, il commande un cappuccino, convaincu que ça fait de lui un véritable adulte et qu'ainsi, son père le respectera plus. Selon Violette, les caméras des banques aux alentours peuvent difficilement voir ce qu'il se passe au niveau des terrasses : les angles et surtout, la qualité, laissent à peine deviner les gestes brusques. Alors, Lou n'aura qu'à agir avec discrétion, glisser ce que Violette lui a assuré être du poison dans sa tasse sans même qu'il le remarque.

Ensuite, tout se passera bien.

Le plan paraît trop simple, mais Lou a confiance en son amie. Elle ne lui a même pas demandé la nature du produit qu'elle s'apprête à utiliser, sa conscience lui en voudra trop autrement.

Lou agit avec un détachement impressionnant, on croirait presque qu'elle ne réalise pas ce qu'elle s'apprête à faire. Dissociée de la réalité et de la gravité de ses actes, elle suit toutes les étapes données par Violette, puis s'en va, l'air de rien. À onze heures, tant d'humains passent devant ce café qu'il sera impossible de déterminer qui a empoisonné cette boisson.

Sans se retourner, ne sachant pas si le poison a fait effet ni même lorsqu'il le fera, Lou se rend à une boutique ésotérique non loin de là. Elle y retrouve Violette, en pleine discussion animée avec la jeune vendeuse derrière le comptoir.

Une voix hurle dans le crâne de Lou, elle lui répète qu'elle vient de commettre un crime odieux. Lou parvient à l'ignorer en se concentrant sur les livres et les plantes qui décorent le petit commerce. Pourtant, elle n'arrive pas à mettre ses remords et sa culpabilité de côté : elle vient de tuer, ou du moins, essayer de tuer quelqu'un. Elle a arraché la vie d'une personne, une existence si rare et unique que personne n'est censé détruire de la sorte. En même temps, au fond d'elle, Lou se dit que c'était la bonne chose à faire, que de cette manière, elle évitera à d'autres personnes de subir les mêmes drames qu'elle.

Lou a beau se répéter toutes ces belles paroles, celles prononcées par Violette quelques heures plus tôt, elle ne parvient pas à en être pleinement convaincue. Ses doigts jouent avec les fausses lianes qui pendent sur les bords des bibliothèques jusqu'à ce qu'enfin, Violette s'intéresse à elle.

— Alors, ça s'est bien passé ?

Elle hausse les épaules, car elle ne connaît pas la suite des événements.

— Passé quoi ? s'inquiète la vendeuse.

— Un entretien d'embauche.

Chapitre 6

Lou

Violette dort à mes côtés, allongée en diagonale le long du lit. Par manque d'espace, je me replie sur moi-même, dans une position pénible pour moi, mais qui garantit un repos agréable à mon amie.

Ma paire d'écouteurs vissée aux oreilles, je parcours YouTube à la recherche de vidéos capables de m'accompagner lors de cette insomnie. J'ai grandi en passant mes journées sur cette application, je repère sans effort les formats suffisamment calmes pour que je puisse *espérer* m'endormir dessus.

Enfin, lorsqu'il n'est pas trop tard pour glisser dans les rêves.

Dehors, le soleil commence déjà à se montrer, les oiseaux osent chanter pour célébrer sa présence. Ses doux rayons passent à travers les volets entrouverts de la chambre de ma meilleure amie. Ils se posent sur le bas du mur, faisant ressortir son sous-ton jaune et assez vieillot.

Cette nuit, je n'ai dormi que trois heures, entre une heure du matin et quatre heures. Depuis, mes paupières refusent de se fermer et mes pensées de se calmer. La plupart du temps, mes rêves se font rares et, lorsqu'il en reste des souvenirs au réveil, ils deviennent terrifiants. J'enchaîne les cauchemars, parfois ceux liés à mon enfance et, la plupart du temps, à mes « joyeuses œuvres ».

Je préfère appeler mes meurtres de cette manière, car elle permet de dédramatiser la chose. Toutes les personnes que j'ai tuées le méritaient, ce qui ne m'empêche pas de culpabiliser. Arracher la vie me donne l'impression que je me prends pour quelqu'un d'important, quelqu'un d'assez puissant pour décider qui doit mourir ou non. Ce n'est pas le cas, si je pouvais juste envoyer ces hommes en prison pour l'éternité, ce serait bien mieux. Tuer n'est pas la sanction la plus sévère que devraient subir ces connards.

Je n'ai pas les tripes pour torturer qui que ce soit. Quelques larmes suffiront à me convaincre de lâcher prise, je me connais. C'est pour cette raison que, lors de mes meurtres, je fais rarement face à la victime. Ma technique de prédilection reste l'empoisonnement depuis que j'ai commencé, au collège. Violette m'a aidée à la perfectionner, en réalité, je ne connais même pas le nom du venin qu'elle utilise. D'autres fois, j'utilise des couteaux, et une fois, le vieux pistolet de mon grand-père, bien que j'évite de trop y avoir recours. Trop évident, pas assez discret, tuer quelqu'un avec une arme blanche ou à feu est un quasi-suicide selon Violette.

— T'es déjà debout ?

Comme toujours, la voix matinale de Violette m'amuse. Les yeux rouges, les joues encore toutes gonflées, elle se frotte les tempes. Ses cheveux défient la gravité, certaines mèches s'envolent sur les côtés, d'autres se sont emmêlées dans des nœuds qui paraissent douloureux à défaire. Violette ne prête aucune attention à son apparence, elle se contente de tapoter la table de chevet sur sa gauche jusqu'à ce que ses doigts reconnaissent la forme de ses lunettes rondes. Vite, elle les enfile et, enfin, son regard semble s'illuminer.

— Je suis toujours réveillée pour protéger tes arrières.

Violette lève les yeux au ciel avant de répéter ma phrase d'une voix volontairement désagréable. Sans me laisser le temps de riposter, elle s'extirpe en vitesse des draps qu'elle a monopolisés. Elle s'avance vers son armoire et fait glisser la porte sur le côté, dévoilant ses tonnes de vêtements qui pendent. Aussi dynamique qu'à son habitude, elle attrape une longue robe fleurie qu'elle enfile en moins d'une seconde.

— Même au réveil, t'es déjà magnifique, je souffle, presque impressionnée.

— C'est une de mes nombreuses spécialités !

Je souris et m'échappe à mon tour du lit. Je me penche jusqu'à atteindre mon sac à dos duquel se libèrent quelques vêtements. Une jupe plissée noire assez courte et un crop top marron. En ultime touche à ce bordel, des chaussettes hautes et noires glissent hors de la poche avant.

Je me dépêche de m'apprêter tandis que Violette disparaît dans la salle de bain, préférant de loin les douches le matin. Je profite alors du calme dans la chambre pour contempler ma tenue devant le miroir.

Elle rend bien sur moi. La jupe un peu trop courte met en avant mes jambes et les longues chaussettes qui s'arrêtent au niveau des cuisses.

Mais ça rendrait mieux si je maigrissais.

Les risques qu'au moment de sortir en ville, je préfère enfiler en vitesse mon pantalon sont assez élevés. D'abord, parce que si je me tape une « crise » de dégoût de mon corps en plein dans la rue, ce sera difficilement supportable. Aussi, j'ai beau m'être habituée aux regards désobligeants des petites vieilles qui me trouvent vulgaire, je ne le suis pas à ceux des vieux de soixante balais qui bandent devant un bout de chair.

Si je m'habille court, c'est parce que j'apprécie ce genre de tenue. Surtout, car je me trouve séduisante, même si j'aimerais que seule Violette puisse constater à quel point je suis sexy. Le regard des autres ne m'intéresse pas, à vrai dire, il me dégoûte. La plupart du temps, je me dis que j'aimerais être une entité sans corps, qu'on remarque uniquement lorsque j'en donne l'autorisation, c'est-à-dire quand je croise une fille jolie.

— Violette, j'peux te piquer ton liner ?

Pour l'heure, à défaut de devenir invisible, je peux faire en sorte d'apprécier au mieux mon image, et le maquillage aide.

— Yep, viens dans la salle de bain !

Je me dépêche de la rejoindre dans la grande pièce spacieuse malgré l'immense baignoire en son centre. Violette en sort d'ailleurs, elle se dépêche d'enrouler une serviette autour de son corps nu et trempé.

— Lou, je m'ennuie, souffle-t-elle d'un seul coup, presque désespérée.

— Normal, il n'est même pas sept heures du matin.

Ignorant ma réponse, elle bondit à quelques centimètres

de moi. Ses longs cheveux humides collent à ma peau, je ne les dégage pas pour autant.

— Et si on allait enquêter sur la nana qui t'a peut-être suivie ?

Elle a beau mimer un air innocent, je sens qu'elle a une intention derrière la tête. Connaissant Violette, elle souhaite vérifier si cette inconnue est jolie et si oui, tenter de me caser avec.

Puisque j'ai un temps de réaction trop long selon ma meilleure amie, elle claque ses mains devant mon visage. Dans un sursaut, mes doutes se volatilisent. Je n'ai plus tué personne depuis des lustres, donc nos vies manquent d'action, alors on en cherche là où on peut.

— Et si c'était réellement une enquêtrice ?

— Eh bien, on se débarrassera d'elle !

Non, bien sûr que non. Jamais je ne ferais du mal à des innocents, quand bien même ils représenteraient un danger pour ma liberté.

— C'est toi la vraie tarée dans notre amitié.

Ce mot sonne étrange dans ma bouche. Je définis Violette comme ma meilleure amie par habitude, mais nous ne sommes pas amies. Nous sommes bien plus. Sans doute des sœurs choisies. Du moins, cette expression nous définit bien, encore plus au vu de ma relation avec ses parents.

— Alors, on part découvrir qui est cette Québécoise ? insiste-t-elle.

— J'ai toujours trouvé l'accent québécois craquant.

Chapitre 7

Nika

Le sucre ne se dilue pas dans le café, il s'accumule au fond de la tasse.

Je fixe la boisson, complètement perdue dans mes pensées. Le salon de thé se remplit de consommateurs, le silence apaisant se fait vite remplacer par un brouhaha que mes oreilles supportent mal.

Je remue la cuillère dans le verre transparent, ses légers claquements contre la paroi m'extirpent de mes pensées. La réalité s'impose, les voix des clients s'intensifient encore plus.

Un couple vient de s'installer sur la table devant moi. Ils ordonnent à leurs enfants de cesser de courir dans tous les sens. Bien sûr, ils ne respectent pas la volonté de leurs pauvres parents et se précipitent vers l'immense berger allemand sur la terrasse. Un sourire à la fois amusé et moqueur étire mes lèvres, le jeune couple le remarque. Craignant qu'ils ne s'imaginent que je me moque d'eux, je leur lance un regard compatissant.

— Ta tête me dit quelque chose, lance soudainement la mère.

Malgré ses deux enfants, elle ne semble pas dépasser les

vingt-cinq ans. Autrement dit, elle a eu ses gosses avant mon âge actuel.

Aïe. Ce constat me fait prendre conscience du temps qui passe. C'est terrifiant. À vingt-trois ans, je me considère toujours comme une adolescente, je n'aurais jamais l'envie d'éduquer des petits, encore moins la maturité nécessaire.

— Ah si ! C'est pas la youtubeuse que tu regardes parfois quand tu fais le ménage ? s'exclame son compagnon.

Mon visage entier s'empourpre. J'ai l'habitude qu'on me reconnaisse, il n'empêche que me savoir si ancrée dans le quotidien de certaines personnes me perturbe. Souvent, je considère que les gens d'Internet ne sont pas réels et donc que mes abonnés n'existent pas vraiment. Encore moins qu'ils ressentent de l'attachement à mon égard ou que je fasse partie de leurs habitudes. On appelle ça le lien parasocial, mais j'ai toujours l'impression qu'il concerne les autres et jamais moi. Donc bien sûr, quand on est aussi doué socialement que moi, ça fait angoisser. Alors, pour m'armer de courage, je plonge ma main dans mon sac, compresse ma balle antistress, puis ose enfin répondre :

— Oui, c'est moi, Nika !

Les jeunes parents s'échangent des regards excités, on croirait presque qu'ils viennent de rencontrer une personne incroyable alors que ce n'est rien d'autre que moi.

— Wow ! Mais tu es québécoise, non ? Tu fais quoi dans un trou paumé comme ici ?

— Je prépare une prochaine vidéo avec un format un peu plus original…

— Tu vas parler de la tueuse, non ? déduit la femme. Comment elle s'appelle déjà ?

— La Vengeresse, souffle son compagnon.

Je hoche la tête, ce qui accroît la joie du couple. Je comprends que la mère souhaite même prolonger la discussion, puisqu'elle glisse sur le siège en face du mien. Elle ne prononce aucun mot, elle sort juste son téléphone. Je devine à son visage joyeux qu'elle souhaite me montrer quelque chose, alors j'attends.

— Fais pas gaffe à Mel, elle est complètement folle quand on aborde le sujet, m'assure son compagnon. Moi, c'est Julien.

Il me tend sa main, que je serre avec politesse. Autant profiter de l'occasion pour faire connaissance avec des personnes dans ma tranche d'âge, encore plus si elles peuvent m'en apprendre davantage sur Lou.

— Voilà ! s'exclame Mel.

Sous sa main, elle approche son portable de moi. Sur l'écran apparaît la photographie d'une des victimes de La Vengeresse, un professeur de sport du collège de la ville.

— La Vengeresse a tué monsieur Rodriguez, c'était un prof qui s'incrustait toujours dans les vestiaires des filles. Apparemment, il y avait des affaires sombres sur des attouchements et d'autres choses plus... graves.

J'arque un sourcil, sans être certaine de comprendre où Mel souhaite en venir. Tente-t-elle de justifier les actes de Lou ? Pour être honnête, la réponse m'importe peu, tant que je peux en apprendre plus.

— Je sais qu'il y a des histoires louches sur toutes ses autres victimes, poursuit-elle. Ce n'est pas bien de tuer, jusque-là, on partage tous cet avis, mais ce qui est certain, c'est que La Vengeresse n'est pas un ou une psychopathe sanguinaire.

L'expression contrariée de Julien n'interrompt pas Mel. Dans un long soupir, il décide de se lever et de passer commande auprès de la serveuse derrière le comptoir. Je comprends qu'il désapprouve les propos de sa copine, ce qui ne me décourage pas de m'y intéresser.

— Est-ce que tu connaissais toutes les victimes de La Vengeresse ?

— Pas toutes, mais certaines oui.

— Si jamais tu connais des histoires à leur sujet, est-ce que tu pourrais me les dire ? Peut-être pas maintenant, mais je peux te passer mon WhatsApp.

Elle hoche la tête et appuie son doigt sur l'application contacts, m'invitant à m'y ajouter. Tandis que j'indique mon numéro, elle échange quelques mots avec Julien. Au même instant, les enfants reviennent, essoufflés après avoir couru à travers toute la rue commerciale.

— Bon, je vous laisse avec les monstres, je plaisante.

— Ça oui, ce sont de vraies bêtes sauvages, me confie Julien.

Je souris une dernière fois et retourne à mes occupations, c'est-à-dire à mon café devenu tiède. Avec un peu de chance, Mel me permettra d'y voir un peu plus clair autour de Lou.

Déjà, contrairement à Mel, il faudra que j'ignore tous les termes à base de sociopathie ou psychopathie. Ils ne correspondent pas à Lou, car ils n'existent juste pas. À la rigueur, trouble de la personnalité antisociale, quoique ce diagnostic ne correspond même pas à la fille que j'ai croisée. C'est un abus de langage qui m'a toujours agacée de la part de mes autres collègues youtubeurs. Premièrement, cela donne l'impression qu'on justifie les actes par la santé mentale douteuse du meurtrier, ce qui renforce l'a priori selon lequel les personnes atteintes de troubles psy seraient dangereuses. En réalité, les statistiques prouvent que ce sont les « fous » qui sont le plus enclins à subir de la violence de la part de personnes valides plutôt que l'inverse. Tout expliquer par les éventuels troubles d'une personne, ou même les supposer à partir d'idées reçues ou de clichés ne fait qu'aggraver la psychophobie déjà trop ancrée dans notre société.

La plupart des tueurs en série étaient bien plus sains d'esprit que moi. Ils étaient juste des humains en recherche d'adrénaline, d'un sens dans leur existence, de vengeance ou de pouvoir. Ils ont trouvé la pire manière de faire, mais assassiner quelqu'un n'est pas un acte inhumain, loin de là.

Je porte la tasse jusqu'à mes lèvres, le café presque froid m'arrache une grimace de dégoût. Je me force pourtant à le terminer, refusant de perdre mes trois euros cinquante. Dépitée, je pioche une pochette de sucre à l'intérieur d'une théière décorative pleine de condiments et verse tout le sachet. Au même instant, l'écran de mon portable, abandonné sur la table, s'illumine. Céleste, la fille qui souhaitait qu'on tourne une vidéo ensemble, me propose de passer chez elle dans la semaine. J'accepte par un selfie de moi qui lève le pouce en l'air parce que, je ne sais pas, je trouve ça plus dynamique qu'un simple « OK, j'ai hâte ! ».

Je vérifie mon visage sur la photographie et fronce les sourcils lorsque j'aperçois une longue natte de cheveux noirs au niveau de l'entrée du salon de thé.

Instinctivement, j'abandonne mon cellulaire et balaye du regard la pièce jusqu'à reconnaître Lou. Aujourd'hui, elle porte un crop top qui dévoile un tatouage de fleur sur le bas de son ventre et une magnifique jupe valorisant ses fines jambes. Et surtout, elle paraît heureuse, accompagnée de cette fille habillée d'une longue robe jaune recouverte de motifs roses.

Toutes les deux me lancent un rapide coup d'œil. L'amie passe vite à autre chose, s'approchant d'une table vide, tandis que Lou garde son attention sur moi.

Le vacarme disparaît, les visages des autres clients se floutent autant que l'environnement entre nous. L'espace d'une demi-seconde, j'ai le sentiment qu'il n'existe plus que nous et, par-dessus tout, que Lou a deviné ma réelle intention.

Puis elle me tourne le dos.

Chapitre 8

Lou

Je me doutais que je trouverais la québécoise ici. Il s'agit de l'unique salon de thé de la ville, les autres lieux ne sont que des bars pleins de vieux qui gueulent sans cesse. Pourtant, je n'ai pu m'empêcher de rester plantée lorsque je l'ai vue, comme si je ne m'y attendais pas.

Quelque chose en elle m'attire, outre l'adrénaline que me procure l'impression de jouer avec le feu. Ce sont peut-être ses cheveux décoiffés ou bien, ses tâches de rousseur, je n'en suis pas sûre.

— C'est elle ta québécoise chouchou ?

Je lève les yeux en l'air, ne réagissant pas à la provocation de Violette. Pour accentuer le fait que j'ignore son commentaire, je m'étire le long de la table. Le bois rafraîchit mon ventre et mes bras, je reste dans cette position plusieurs longues secondes. A neuf heures du matin, la température dépasse déjà les 25°C, ce qui annonce une journée infernale.

— Elle est assez mignonne, ajoute Violette.

— T'es hétéro, ton avis ne compte pas.

— Ça ne m'empêche pas de reconnaître les jolies filles si tu te poses la question. Tu penses pas que tu t'es imaginée qu'elle te suivait parce qu'elle te plaît ?

— Je ne suis pas si barrée.

— Ca, c'est à prouver.

La serveuse, une jeune étudiante, arrive à notre table, nos boissons entre ses mains. Violette connaît mes goûts par cœur, à chaque fois, je commande un macchiato caramel. Elle en a donc demandé un pendant que je plantais face à la jolie inconnue.

D'une main, l'étudiante dépose mon café sur la table et de l'autre, passe une crêpe au Nutella à Violette. Avec son habituelle impatience lorsqu'il s'agit de nourriture, elle saisit les couverts dorés. Sans m'adresser un mot de plus, elle se dépêche de dévorer son petit-déjeuner. Elle comble son appétit vorace à une vitesse qui me dégoûte, même si je suppose que mon rapport complexe à la bouffe ne me rend pas objective.

Dans l'espoir d'ignorer l'odeur sucrée et chocolatée de la crêpe, je concentre mon attention sur la touriste.

Assise au fond du salon de thé, contre un mur recouvert de fausses plantes, elle pianote sur son téléphone. Elle semble m'avoir oubliée, du moins pour l'instant.

— N'empêche, je suis persuadée d'avoir déjà vu sa tête quelque part, je réfléchis à voix haute. Peut-être sur YouTube ou TikTok…

— Y'a un monde où ch'est pochible, commente Violette.

Ses paroles sont difficilement compréhensibles, elle répond en même temps qu'elle mâche. Je remarque d'ailleurs une tâche de Nutella sur le coin de sa bouche. Je me penche par-dessus la table et passe mon pouce sur les commissures de ses lèvres.

— Mais c'est vrai qu'elle est mignonne, je concède, emmenant la petite goutte de chocolat dans ma bouche.

— Voilà ! Alors, va lui parler ! Je suis persuadée qu'elle sera toute contente de voir qu'une jolie fille comme toi s'intéresse à elle.

— Mouais, je conteste. Mon gaydar me dit qu'elle fait partie de l'équipe, hein, mais j'aimerai éviter de draguer une inconnue, c'est gênant.

Violette lâche brusquement ses couverts contre l'assiette. Le son strident qu'ils provoquent attire l'attention des clients aux alentours, dont la québécoise. Violette saisit cette perche pour s'approcher d'elle. Elle bondit de sa chaise, la reculant bruyamment à l'aide de ses pieds. Le grincement désagréable contre le sol en bois achève d'agacer les personnes autour de nous qui lui lancent tous des regards énervés. Violette les ignore pourtant et, la tête haute, l'air de rien, se plante devant la touriste.

— Coucou toi !

— Eh… Salut, répond-elle d'un air désorienté.

— Mon amie te…

Non, pitié. Pas ça. Cette manière d'aborder des inconnus me procure un sentiment de malaise profond. Je souhaiterai disparaître plusieurs kilomètres sous terre et faire en sorte que cette fille m'oublie à tout jamais.

— Bah… Euh… Pourquoi pas ? Enfin, si elle est d'accord parce que je ne suis pas sûre que tu lui aies demandé son avis.

Par chance, je n'ai pas entendu la question de Violette, seulement la réponse de la québécoise. Ma panique baisse, elle ne semble pas me trouver *trop* bizarre puisqu'elle accepte de me parler. Elle juge plutôt Violette, mais elle, elle s'en fout. Le regard des autres et leurs jugements ne l'ont jamais impactée, sans doute parce qu'il n'ont jamais été aussi violents à son égard qu'avec moi.

A court d'options, je me lève et rejoins ce drôle de duo au fond du restaurant.

— Euh, coucou, moi c'est Lou, j'explique en accordant un sourire maladroit à l'inconnue.

— Je m'appelle Nika. Et toi ?

— Je viens de le dire.

— Désolée, j'ai parlé par réflexe.

— J'vois ça.

Violette retient avec difficulté d'éclater de rire. Ses joues se gonflent d'air et pour éviter de craquer, elle retourne à notre table. Je me retrouve alors seule en compagnie de Nika, encore plus gênée que moi. Elle s'arrache des bouts de peau autour des ongles, ce qui crée une petite tâche de sang au niveau de son index.

— Ton amie a dit…

— Je ne sais pas ce qu'elle a dit et je ne veux pas savoir, je l'interromps. Elle essaye toujours de me caser avec les meufs qui activent mon gaydar.

— Ah, et qu'est-ce qui te dit que je suis lesbienne ?

Je pointe respectivement sa coque de téléphone sur laquelle est collé un stickers du drapeau lesbien, puis sa chemise à motifs improbables et beaufs – des donuts avec des ailes – puis enfin, ses cheveux courts. C'est cliché, mais si on part sur cette remarque, moi aussi je le suis.

— Aussi, le fait que tu connaisses l'expression gaydar.

— OK, je te l'accorde, je suis vite repairable, admet Nika, un sourire aux lèvres. Et sinon, ça va, ce n'est pas trop insupportable au quotidien de l'avoir comme amie ?

— Oh que si !

Nika paraît un peu moins crispée, elle cesse de se triturer les mains et ose me regarder droit dans les yeux. Le soleil passe à travers l'immense baie vitrée du restaurant, la lumière caresse sa peau blanche, faisant ressortir l'orange de ses tâches de rousseur et le marron de ses yeux.

— J'avais un ami qui était un peu pareil, puis quand je lui ai répété pour le cent-cinquantième fois que ça m'agaçait… Eh ben, il a arrêté.

— La chance ! J'commence à croire que Violette ne m'écoutera jamais.

Le restaurant se remplit un peu plus de monde, le volume sonore augmente tant que Nika me demande de répéter. On tente de s'échanger quelques mots en plus avant que d'admettre simultanément qu'entretenir une discussion ici devient impossible.

— On irait pas plutôt dehors pour parler ? me propose-t-elle. Enfin, si tu veux, bien sûr.

— Ouais s'te plaît, je n'entends rien ici !

Je laisse Nika passer devant moi, je m'arrête à la table que je partageais avec Violette et attrape mon macchiato.

L'épaisse mousse blanche au-dessus du café a baissé de volume, ce qui ne m'empêche pas d'enfoncer dans ma cuillère dans le peu qui reste.

— On va discuter dehors, promis je ne t'abandonne pas, je plaisante auprès de mon amie.

— Tu vois, j'ai bien fait !

— On verra ça.

Comme je refuse de lui donner raison trop vite, je laisse planer le doute. Je m'empresse tout de même de rejoindre Nika, appuyée contre une épaisse poutre en bois. Elle sert de maintient au préau autour de la vieille place, qui, avec le temps, s'est transformé en coin d'ombre pour les terrasses des restaurants. Au centre se trouve une fontaine décorée de fleurs de toutes les couleurs contre laquelle jouent des enfants.

Ce coin de la ville, près des rives du Tarn, est l'un des seuls à encore respecter l'ambiance traditionnelle de la région : vieilles maisons en pierre, chemins en pavés, vue sur la rivière en contrebas.

— C'est vraiment joli le sud de la France, je n'avais jamais visité, commente justement Nika.

— En même temps, que foutrai une québécoise ici ?

— Le travail ! Je dois rencontrer une fille qui vit à Albi la semaine prochaine.

Je hoche la tête et aperçois à plusieurs mètres de là un cycliste un peu trop pressé. Il descend à une vitesse folle la rue commerciale donnant accès à la place. Nika ne le remarque pas alors je n'ai pas d'autre choix que de lui agripper la poignée pour l'emmener contre moi. Je l'éloigne à temps de la trajectoire de l'autre abruti. Le vélo passe quelques centimètres derrière elle, sans même tenter de freiner ni même de s'excuser.

— Fais gaffe à ne pas mourir.
— Normalement, il y a une petite sonnette sur les vélos.
— Normalement, si tout le monde respectait le code de la route, il n'y aurait pas d'accident, je conteste.

Nika grimace mais ne répond pas.

— Bref, tu as déjà un peu visité la ville ou pas encore ?

Au final, j'écoute Violette et son incitation - enfin, obligation - à dragouiller cette fille. D'abord, parce que je n'ai plus flirté depuis des mois et ça me manque mais surtout, ça me permettra de m'assurer que Nika ne me cache rien.

J'espère juste qu'elle sera réceptive à mes futures avances parce qu'autrement, ce sera vite gênant comme situation.

— Nop, je comptais le faire aujourd'hui.

Devenue impatiente, je m'empresse d'achever mon café.

— Alors, sache que tu fais face à Lou la guide touristique ! Suis-moi !

Une balade en compagnie d'une personne que je trouve plutôt jolie ne me fera que du bien. En plus, elle me permettra de me libérer des moqueries de Violette face à mon éternel célibat.

Chapitre 9

Nika

— T'as prévenu ton amie ?
— Oui, t'inquiète. Dans tous les cas, elle m'a poussée à te parler.

Leur relation me paraît assez comique, pleine de complicité et d'amour. Depuis des mois, je m'isole dans mon coin, trop concentrée sur mon travail ou ma déprime. J'en suis venue à oublier ce à quoi est censée ressembler une amitié et tout le bonheur qu'elle procure.

Par fainéantise, j'ai ignoré les messages de Sofiane et après, j'ai culpabilisé à l'idée de lui répondre si tard. Depuis plusieurs mois, je peux déclarer, non sans honte, que je n'ai plus d'amis. Faire face à une telle complicité me permet de prendre conscience que ça me manque. Au fond, je ne suis pas quelqu'un d'aussi solitaire que ce dont je m'autopersuade. Moi aussi, j'ai besoin d'affection.

— Donc, pour ta magnifique visite du Sud, on va commencer par cette ville, parce que je n'ai pas le permis et la flemme d'attendre une heure pour que le prochain train passe.

Lou parle avec un tel enthousiasme que j'en oublierais toutes mes craintes à son sujet. En fait, je sens que je ne risque rien en sa compagnie.

Après tout, je peux m'être trompée à son sujet. Elle paraît trop solaire et joyeuse pour faire du mal à qui que ce soit. Lou ne correspond pas au profil d'un tueur en série, bien que dans les faits, il n'en existe pas.

— On va commencer par aller au bord du Tarn ! s'exclame-t-elle. On va passer par cette ruelle. J'te préviens, la descente est assez brutale, alors si tu es maladroite, agrippe-toi aux barrières. Ou à mon bras.

J'enroule mes doigts autour de la rambarde en fer. Sous mes pieds, des marches en pierre glissante brillent sous la lumière du soleil. De l'autre côté, j'aperçois un parking, puis une longue étendue d'herbe jusqu'à la rivière. Des fleurs et des arbres y poussent, ce qui rend l'endroit accueillant grâce à l'ombre et la beauté des plantes.

J'aimerais me poser au bord de l'eau et y tremper mes pieds, savourant un *bubble tea* ou un thé glacé. Malheureusement, je comprends à la motivation de Lou qu'elle souhaite me présenter chaque recoin de la ville. Tant pis pour mes plans.

— Alors, là, c'est le Tarn ! explique-t-elle en pointant du doigt l'eau. La rivière se joint à la Garonne je ne sais pas trop où, mais il y a un moment où elle finit dans la Garonne. C'est le fleuve qui passe entre Bordeaux et Toulouse.

— Oui, je connais. J'ai vécu en France trois ans.

Lou s'interrompt au milieu de l'escalier, une ruelle cachée entre deux maisons laisse deviner la silhouette d'un immense amandier. Pourtant, ce n'est pas sur cette belle plante qu'elle s'attarde, mais sur moi. Intriguée par ce bout de mon passé, elle penche la tête sur le côté.

— Pourquoi ?

— Parce que ma mère y travaillait et que j'avais douze ans ?

— C'est une réponse qui se tient. T'étais où ?

— Paris.

— Beurk.

— Je confirme, terrible cette ville.

— Viens, je vais te montrer un joli endroit comme il n'y en a pas à Paname.

Sur cette promesse, elle s'enfonce dans le passage du grand arbre. Au centre de celui-ci se trouve une petite place entre des maisons en pierre claire. Un banc s'appuie contre un des murs, à l'ombre de l'épais feuillage de l'amandier. Sur le sol recouvert de pavés, deux vieux chats bronzent en toute sérénité, conscients de l'inaccessibilité de ces lieux pour les voitures et cyclistes.

— Tu veux qu'on se pose sur le banc ?

Sans attendre ma réponse, Lou s'y précipite. Elle s'y installe confortablement, les jambes croisées en tailleur, contemplant le ciel à travers les branches. Plus délicate qu'elle, j'avance avec lenteur parce que sinon, je risque d'enfoncer mon pied dans l'espace entre les pavés et tomber.

Enfin, je m'assois aux côtés de mon guide. Le soleil colore sa peau d'une telle manière qu'elle ressemble presque à un échiquier, entre l'ombre des feuilles et les quelques espaces où les rayons parviennent à passer. Les yeux de Lou tirent vers le vert, cette couleur lui va bien.

Même si Lou n'a pas accès à mes pensées, la honte m'envahit. C'est étrange de faire attention aussi vite au physique d'une personne.

À la place, mon regard dévie sur la maison en face du banc, de la même couleur que les autres autour de la place, décorée par les mêmes fleurs, comme si le voisinage s'était mis d'accord. Elle se démarque tout de même par l'immense drapeau ukrainien et délavé qui pend depuis une fenêtre.

— Et ça ? je m'étonne.

— Ils l'ont mis au début de la guerre. J'crois qu'ils ont accueilli une famille d'Ukrainiens, je les vois parfois jouer à côté de chez moi.

— C'est sympa de leur part. Ma mère est ukrainienne, mais je n'y suis plus allée depuis des années et maintenant, ce n'est plus trop le moment pour.

Un silence s'installe entre nous.

— Désolée pour toi. Tu as de la famille restée là-bas ?

— Ma grand-mère, mais t'inquiète, ce n'est pas ça qui va l'achever. Vraiment pas.

— Ouais, je vois, le genre de grand-mère qui serait capable de tuer la mort tant elle résiste à tout. J'ai un peu pareil avec la mienne.

Je me concentre à nouveau sur Lou. Elle a l'air sereine en ma présence, je lui inspire sans doute confiance. Du moins, moi, j'éprouve ce sentiment de calme.

— C'est moi qui suis étrange ou j'ai l'impression qu'on se ressemble pas mal ? j'ose demander.

— Crois-moi, tu ne veux pas me ressembler, m'assure-t-elle d'un ton si sec qu'il me provoque un frisson.

Je reviens à la réalité. Le choc est si brutal qu'il en devient presque douloureux ; Lou n'est pas qu'une simple fille sociable et entreprenante, en plus d'être jolie. Lou est une meurtrière.

— Pourquoi ?

Ma question est stupide : admettons qu'elle soit réellement La Vengeresse, elle ne me l'avouera pas si vite – sauf si elle compte me tuer dans les heures qui suivent. Pourtant, je tente avec l'espoir qu'elle me révèle quelque chose d'intéressant.

— Parce que ma vie est un échec en tout point. Sauf amicalement, comme tu peux le constater avec Violette.

— La mienne aussi est misérable et pathétique.

— Un duo de bras cassés.

De légers rires s'échappent de nos lèvres. Nous sommes des boulets de la vie, des gens pas trop adaptés qui essayent de réussir sans y arriver. Toutefois, le lien avec Lou se fait plus aisément qu'avec d'autres. D'ailleurs, elle glisse sur le banc jusqu'à m'atteindre et là, elle dépose sa tête sur mon épaule.

— Ceux qui se ressemblent s'assemblent, non ? je lance sans être convaincue par le dicton.

— Il me semble que cette expression est censée être positive.

— Qui te dit que ça ne peut pas l'être ?

— Tu veux venir chez moi ?

— C'est un peu rapide ?

— On n'est pas obligées de faire quoi que ce soit. J'ai peut-être juste envie de te montrer mon appartement.

Lou n'a toujours pas dégagé son crâne. Ses cheveux effleurent mon nez, je sens la douce odeur de rose qui émane d'eux.

Je ne peux pas accepter. Lou pourrait être dangereuse si elle m'a cernée, ou juste reconnue parce que, même si je ne suis pas la plus célèbre des influenceuses, je reste une personnalité publique. Foncer chez elle, sous prétexte que le *feeling* passe plutôt bien, que j'ai besoin d'un peu d'affection, c'est irresponsable, irréfléchi et sans doute tout un tas d'autres mots commençant par « irr ».

Et pourtant, elle paraît sincère dans sa gentillesse. Si elle comptait me faire du mal, je l'aurais senti, dans ses gestes, son regard. Certes, pour être tueuse, il faut avoir un certain don de la manipulation et du mensonge, il existe un risque qu'elle me fasse tourner en rond.

En même temps, l'attention qu'elle me donne me réchauffe le cœur et sonne honnête.

Aussi, elle me permet de réaliser mon objectif : après tout, je souhaitais la connaître pour ma vidéo, et elle m'offre une occasion en or. Alors, j'accepte. Tant pis si je finis empoisonnée. Dans tous les cas, ma vie n'est pas mémorable. Au mieux, j'ai du contenu pour ma chaîne. Je commence à croire que l'instinct de survie n'a pas été distribué de manière égale entre les humains.

— Eh bien, découvrons ton appartement.

Surexcitée, elle bondit sur le sol, ce qui provoque la peur

d'un des chats. Il sursaute avant de fuir jusqu'à l'escalier glissant. Je profite de l'inattention de Lou, qui court derrière le pauvre félin, pour saisir mon cellulaire et envoyer un message à Céleste.

Nika : Si je suis en France, c'est parce que je crois avoir trouvé la trace de La Vengeresse, la meurtrière, et je crois être avec elle.
Nika : Donc si je ne donne pas de nouvelles d'ici ce soir, c'est que je suis *finito*.
Céleste : Tu peux pas *drop* une information pareille sans plus développer ?!!!

Et pourtant, je ne réponds pas à son message. Je glisse le portable dans la poche de mon pantalon et suis Lou, qui avance avec grâce, au point qu'on croirait presque qu'elle danse.

Chapitre 10

Lou

La chaleur devient difficilement supportable. Par chance, on atteint enfin mon bâtiment et son immense entrée peinte en vert. J'indique le digicode tandis que je pousse déjà la porte d'un coup d'épaule.

Nika, curieuse, jette des coups d'œil partout autour d'elle. Pour être honnête, je n'ai plus de doutes à son égard, à moins qu'elle soit suicidaire. Si elle se doutait que j'étais une meurtrière, elle ne prendrait pas le risque de passer du temps seule avec moi.

Dans tous les cas, je ne peux pas la tuer. Pas dans mon appartement, encore moins de cette manière. Ce ne serait pas discret, les preuves bien trop dures à cacher. Quand je me ferai choper, car ça arrivera, j'accepterai sans broncher les conséquences de mes actes. En attendant, je refuse que ma chute ait lieu pour un meurtre aussi stupide.

Toujours intriguée par tout ce qu'elle voit, Nika avance dans la grande cour intérieure de l'ancien établissement scolaire. Tour à tour, elle pointe du doigt les trois portes des différents bâtiments, essayant de deviner derrière laquelle se cache mon appart. Sans attendre ma réponse, elle s'avance vers la gauche, je me dépêche de l'attraper par le bras avant qu'elle ne s'enfonce chez des inconnus.

— T'as une intuition de merde, c'est à l'opposé !

— Eh, ne critique pas mon intuition, elle est sans faille ! Enfin, normalement, se plaint-elle.

J'éclate de rire. *Aujourd'hui doit être l'exception qui confirme la règle,* je pense avec ironie.

— Ouais, nan, pas convaincue. Essaye de me suivre, c'est mieux.

— En fait, je cherchais de l'ombre ! se défend mal Nika.

— Un peu de patience, on est bientôt arrivées chez moi.

Sans lâcher Nika, je la guide jusqu'au bon immeuble. Le gravier crépite sous nos chaussures, vite remplacé par le son répétitif des semelles contre l'épaisse pierre de la cage d'escalier. Les marches, quant à elles en bois, grincent sous nos pieds. Aucune de nous n'essaye de se faire discrète, ce qui dérange mon insupportable voisin, qui gueule un coup. Enfin, on atteint le palier du dernier étage. Je m'avance vers ma porte, le numéro 12, et y glisse mes clés.

— C'est grand chez toi ?

— Encore une fois, un peu de patience ! Tu vas vite le découvrir.

D'un coup de pied, je dévoile la pièce centrale de l'appartement. Avant de passer chez Violette, j'ai pris le temps de nettoyer les ustensiles utilisés lors de la préparation du moelleux, la cuisine brille de propreté. Nika s'approche de l'évier où ma collection de plantes attend d'être redistribuée à son emplacement habituel.

— Ce sont tes enfants ? plaisante-t-elle.

— Tu m'as cernée.

— Quand je t'ai dit qu'on se ressemblait, je ne mentais pas. J'en ai plein au Québec.

Je me joins à elle. Nika joue avec les longues feuilles d'une des plantes, glissant son doigt sur toute la longueur. Elle en a presque oublié ma présence, alors j'essaye de regagner son attention.

— Tu peux me passer un verre d'eau sur le placard au-dessus de ta tête ? je demande d'une voix que j'essaye de rendre séduisante.

Autant profiter de sa grande taille, puisqu'elle me dépasse d'au moins une vingtaine de centimètres.

— Quel plac... Aïe, caliss !

Au moins, elle l'a repéré. Surtout blessée dans son ego, Nika marmonne quelques insultes avant d'enfin saisir le récipient demandé. Elle le glisse sous le robinet et me le remplit.

— Merci ! Si jamais tu veux te poser quelque part en attendant, tu peux aller dans ma chambre. C'est la porte en face de l'autre.

— Vachement précis ça.

Toutefois, grâce à sa *super* intuition, elle parvient à deviner de laquelle je parle. Elle disparaît dans la pièce tandis que je me dépêche d'avaler toute l'eau. Avant de la rejoindre, je me recoiffe en vitesse grâce au miroir de la porte d'entrée. Enfin, je me glisse dans la chambre. Assise au bord de mon lit défait, Nika fixe les quelques dessins collés aux murs. La plupart représentent des créatures sorties tout droit de mon imagination, d'autres sont des croquis des personnages de la bande dessinée que je rêve de créer. Au milieu, on retrouve quelques portraits.

Dont le visage d'une de mes victimes. L'une des plus reconnaissables, avec son immense nez et ses épaisses lunettes noires.

C'est d'ailleurs sur ce dessin que s'attarde Nika.

J'ai toujours su qu'il fallait que je le retire du mur. C'est juste que je n'y pense jamais, puisqu'il ne se trouve pas dans mon champ de vision depuis mon lit.

— Tes dessins sont… impressionnants. Les portraits, tu les imagines ou ce sont des personnes réelles ? demande-t-elle, l'air de rien.

Est-ce qu'elle m'a cramée ? Est-ce qu'elle m'a cramée ? Est-ce qu'elle m'a cramée ?

Je n'arrive pas à en être sûre, ce qui n'aide pas à soulager mon angoisse. Une affreuse boule au ventre s'installe, accompagnée d'une terrible envie de vomir. Je manque d'air, j'ai l'impression que je vais suffoquer ici et crever.

Mes respirations se font de plus en plus rapides, mon pouls suit son accélération. Mes pensées hurlent dans mon crâne que Nika m'a démasquée. D'autres me frappent de l'intérieur, me rappelant à quel point je suis stupide sans Violette.

Génial, une crise d'angoisse. Rien de plus suspect.

— Tu veux que je te repasse quelque chose à boire ?

Nika joue un rôle ou s'inquiète-t-elle sincèrement pour

moi ? Je me focalise sur ses yeux, j'y lis de la préoccupation et surtout, de la compassion. Elle plonge ses mains dans ses poches et en sort un cookie en mousse, sans doute une balle antistress.

— Tu vas me prendre pour une conne, mais j'utilise souvent ça pour me calmer quand j'angoisse... Enfin, quand j'y pense. Il est tout doux, quand tu le serres, c'est super agréable. Si jamais t'as l'habitude de prendre des anxios, j'en ai, même si ce n'est pas cool d'en filer.

Pour appuyer ses propos, elle dévoile aussi une plaquette de médicaments à moitié entamée au fond.

— Je prends les deux. Avec un peu d'eau, s'il te plaît.

Elle me les confie le temps qu'elle disparaisse dans la cuisine. Je compresse le cookie entre mes doigts, sa texture s'avère effectivement plus légère que la plupart des autres balles antistress que j'ai pu utiliser. Intriguée, je m'amuse à l'étirer sur un côté, puis la regarde regagner sa forme avec lenteur. Nika m'arrache à ma contemplation en s'exclamant quelque chose que je n'ai pas entendu. Je me contente alors de lever les yeux. Elle se tient à nouveau face à moi, un verre à moitié plein dans sa paume. Je le lui pique dans un geste un peu trop brutal si je me fie à la surprise sur son visage.

Tant pis.

Je sors une pastille et me dépêche de l'ingérer. Derrière, j'avale toute l'eau afin d'éliminer le désagréable goût amer de ma bouche.

— Tu sais pourquoi tu as fait une crise ?

Nika se rassoit sur le bord du lit. Les bras croisés, un

grand sourire aux lèvres, elle dégage une profonde indulgence. J'accorde peu ma confiance aux autres, mais avec elle, ça paraît si simple.

Je n'ai jamais cru aux histoires d'auras, de destin, ou n'importe quel concept mystique. De mon point de vue, on ne naît et meurt qu'une unique fois. Il n'existe ni Dieu ni paradis ou réincarnation. Pourtant, je suis sûre que si les âmes existaient, la sienne serait d'une bonté rare.

En une matinée, j'idéalise déjà Nika, car ma vie déborde de mauvaises rencontres, de personnes colériques, malveillantes ou toxiques. Dès qu'une personne autre que Violette m'accorde un minimum d'attention, mes émotions deviennent incontrôlables.

— Ça m'arrive sans raison, je mens.

— Si jamais ma présence t'angoisse, n'hésite pas à me le dire. Je peux partir et revenir un jour où tu te sentiras mieux.

Non. Je veux qu'elle reste. Tant pis si elle m'a démasquée, ça devait bien arriver. Pour l'heure, j'ai envie de passer du temps avec elle, de me sentir appréciée, au moins un peu, même si c'est pour de faux. Je dépose délicatement le verre sur le parquet et me penche devant Nika afin d'atteindre la hauteur de sa tête.

— Est-ce qu'on peut s'embrasser ? je propose.

— Ma foi, c'est un peu rapide, là.

Elle fronce les sourcils, bien que son sourire ne se dissipe pas. Je me permets donc de poursuivre sur cette voie.

— Après tout, t'es une touriste en vacances à l'autre bout du monde, c'est quand même mieux si les relations sont rapides

— J'accepte cet argument.

La joie imprègne le visage de Nika, et ça me fait craquer. Son regard plein d'étoiles, comme si elle vivait tout pour la première fois, n'aide pas. Un poil trop impatiente, je presse mes lèvres contre les siennes. Je devine qu'elle s'applique régulièrement du baume, puisqu'elles ont un goût de fraise, ce qui me donne presque envie de les mordre.

À la place, je me contente de profiter de leur douceur. Nika glisse sa main derrière ma nuque et me ramène contre elle, ce qui me fait chuter sur le lit. Je ne comprends pas comment cette chute a eu lieu. L'unique chose dont je suis certaine, c'est qu'à présent, je me retrouve au-dessus d'elle, mon cou contre son visage et le mien sur le matelas.

— Désolée ! s'exclame Nika.

J'éclate de rire, elle m'imite. Je me repositionne sur sa droite, elle tourne la tête dans ma direction. On s'échange de rapides regards complices et joueurs avant de reprendre nos baisers.

— Attends, chuchote-t-elle d'un coup.

— Oui ?

— Ça va un peu trop vite pour moi. Je ne suis pas habituée à ça. Je... Je ne sais pas trop pourquoi j'ai accepté, désolée.

Sur ces paroles, Nika se redresse sur le lit et s'éloigne de moi ; elle craint que je réagisse mal. Une fois la distance de sécurité établie, elle penche la tête, attendant ma réponse. Elle est adorable. Ou peut-être que je suis juste faible face aux masc avec une bouille toute mimi.

— Je vois, ne t'inquiète pas ! Si tu veux, à la place, on peut regarder un film et se poser tranquillement jusqu'à ce que la température baisse. Littéralement je veux dire, il fait chaud dehors.

— Donc, jusqu'à la fin d'aprèm ? déduit Nika, qui ne paraît pas gênée par ce plan.

— Exactement !

— Ça me va comme planning. T'as Netflix ?

Amour

Nika a toujours su qu'elle aimait les femmes. Petite, elle se disait qu'elle devait être un garçon dans un corps de fille, qu'il n'existait pas d'autres explications à sa bizarrerie. En grandissant, elle a compris que le genre n'avait pas de sens, et par-dessus tout, qu'elle était lesbienne. Dès son adolescence, elle assumait en ligne son orientation sexuelle et, lorsqu'elle a gagné en confiance en elle, dans la vraie vie aussi.

Puis il y a eu le confinement, Nika est devenue une personnalité publique. Elle n'a jamais caché son attirance pour les femmes, dans tous les cas, elle se doutait que les gens la devineraient. Elle est perçue comme une femme qui s'en fout de correspondre aux standards de beauté établis par les hommes, ce qui est suffisant pour être catégorisée lesbienne. Dans tous les cas, même si elle ne l'avait pas été, une meuf *masculine*, qui n'essaye pas de plaire, tout en étant présente en ligne, subit forcément de la lesbophobie.

Alors, par sa simple existence, Nika est vite devenue une icône de la communauté queer francophone. Ça ne l'a pas aidée ni à finir en couple au vu de son profond célibat, ni même à draguer autant qu'elle l'aurait souhaité. Enfin, ce dernier point provient surtout de sa gêne lorsqu'il est question de passer aux choses sérieuses. En fait, elle n'apprécie pas coucher avec quelqu'un sans être amoureuse, ce qui est ballot quand on n'a jamais aimé.

Bref, Nika n'est qu'une lesbienne qui galère.

Pour Lou, la tâche fut plus complexe. Elle s'est longtemps considérée bisexuelle, car attirée par les hommes et les femmes. Pour autant, elle ne relationne plus avec des hommes depuis la fin du lycée. Ce n'est pas spécialement en raison de ses mauvaises expériences, plutôt par fidélité envers son féminisme.

Ne plus avoir de relations hétérosexuelles, c'est un moyen de se rebeller contre l'hétéronormativité, mais pas seulement. C'est aussi une bonne solution pour éviter de se retrouver dans un rapport aux dynamiques favorables à l'homme, car les structures basiques d'un couple hétéro fonctionnent pour le prioriser *lui*. Depuis enfants, la société nous inculque une certaine vision des relations amoureuses faite pour privilégier les hommes, ce qui agace les femmes comme Lou, qui aiment s'imposer. Alors, oui, certains gars arrivent à s'en défaire et le problème se trouve là : uniquement certains. Lou n'a pas le courage de perdre des années à chercher ces exceptions.

Aussi, elle refuse de subir le patriarcat même dans ses relations intimes, censées être reposantes et lui apporter du bonheur. Lou se dit qu'elle a le luxe de pouvoir s'éloigner des hommes et de l'éventuelle emprise qu'ils pourraient entretenir sur elle, alors, elle le saisit. Une part d'elle craint aussi que l'un d'eux la déçoive, qu'il se révèle être un connard qu'elle doive tuer. Lou déteste les agresseurs sexuels, les violeurs et les manipulateurs et Lou tue ce qu'elle déteste. Il est assez simple de comprendre qu'elle aimerait éviter d'assassiner quelqu'un qu'elle a un jour aimé.

Pour se protéger, Lou se dit que si elle doit vivre une histoire d'amour, ce ne sera qu'avec des femmes. Ou des personnes non binaires. En tout cas, jamais, au grand jamais, un mec. Certains diront qu'elle est misandre, Lou s'en fout un peu. En fait, cette étiquette l'amuse.

Donc, dans les faits, Lou a beau être bisexuelle, personne ne la considère comme telle. Pareil que pour Nika, une femme qui ne veut pas être associée aux hommes est forcément une lesbienne, et jamais, dans ce contexte-là, ce mot est utilisé avec une bonne connotation. D'ailleurs, c'est pour cette raison qu'elle se réapproprie le lesbianisme.

Chapitre 11

Nika

Lou lance une romance au hasard sur Netflix, une histoire sur un type aigri qui retrouve son premier amour. Le scénario ne déborde pas d'originalité, mais pour être honnête, ce n'est pas ce que l'on recherche quand on regarde ce genre de film. On souhaite juste passer du temps en découvrant une histoire d'amour douce, saine, qui remonte le moral.

« Le genre de romance qu'on ne vit pas dans la vraie vie », diront les plus pessimistes du cœur. Personnellement, je suis plutôt du genre à croire qu'on peut tous vivre une aventure digne d'un film ou d'un livre. Si on est prêts à accepter la vie et tous ses rebondissements, elle devient intéressante et surtout, utile à l'écriture de mes romans. Je crois que c'est pour cette raison que je me force à vivre le plus de choses possible, à me lancer dans toutes ces histoires d'amour qui n'aboutissent pas et dans des aventures aussi stupides que rencontrer une tueuse en série. Un cœur brisé, c'est douloureux, mais un cœur brisé, c'est aussi une leçon et une source d'inspiration pour mes prochains textes.

En moins d'une heure trente, le générique de fin défile sur l'écran du PC de Lou. Un long silence s'installe, parfois interrompu par la douce musique qui s'échappe des haut-parleurs. Ce n'est pas le film qui nous a laissées sans voix, pour être honnête, on l'aura oublié d'ici deux heures, je pense que c'est plutôt la fatigue. Peut-être que Lou s'est identifiée au personnage principal, une fille qui galère à exprimer ses émotions, et que ça la perturbe. Dans tous les cas, elle me demande furtivement mon avis, avant de me tourner le dos et de s'allonger le long du lit.

Je lis l'heure sur mon téléphone, douze heures dix. L'application Météo indique trente-neuf degrés. À présent que je suis certaine que Lou est La Vengeresse, je pourrais profiter de sa sieste pour fuir. Les dessins sur ses murs m'ont mis la puce à l'oreille, sa réaction beaucoup trop suspecte me l'a confirmé.

Encore une fois, ma paresse l'emporte sur mon instinct de survie : je refuse de m'aventurer dans la ville sous cette température. Je décide plutôt d'imiter Lou, plonger dans une courte sieste reposante, de quoi oublier la chaleur de l'été.

On peut se dire que passer l'après-midi en compagnie d'une tueuse est une stratégie risquée, et c'est le cas. Néanmoins, fuir alors que j'ai découvert les dessins d'une de ses victimes et qu'elle a paniqué face à cette preuve, l'est encore plus. Pour rester en liberté, Lou doit être maligne. Autrement dit, elle comprendra assez vite que je l'ai démasquée et essayera de me faire taire.

Donc si dormir avec elle permet de supprimer les quelques doutes qu'elle éprouve à mon égard, je le fais sans hésiter.

*

Une fois la sieste terminée, les pensées bien en place, je réfléchis à ce que je suis censée faire.

D'abord, ne pas avoir l'air suspecte. Pour ce faire, je passe ma main dans les cheveux de Lou, je caresse avec tendresse son crâne. Ses légères respirations chatouillent mon cou, bien que je n'ose pas la réveiller.

Elle est magnifique lorsqu'elle dort. Elle paraît inoffensive.

On la prendrait plus pour la victime que pour la meurtrière.

Dommage pour elle, je connais son identité secrète. Et pourtant, malgré cette information, je ne peux m'empêcher de la trouver belle, de repenser à sa manière de m'embrasser. Mon éthique me fait bien comprendre qu'il ne faut pas recommencer, la culpabilité m'envahit déjà trop. À défaut de pouvoir faire mieux, je la serre contre moi.

En fait, j'aurais préféré me tromper à son sujet, avoir voyagé jusqu'en France pour rien. Cette aventure m'aurait quand même permis de la rencontrer et, dans un autre contexte, j'aurais pu tenter de m'approcher d'elle.

En réalité, même en prenant en compte ses meurtres, je n'arrive pas à la haïr. Je suppose que le profil de ses cibles aide à la rendre attachante. Elle se contente de faire ce dont la justice est incapable : arrêter les hommes violents. L'intention derrière Les crimes de Lou n'est pas mauvaise, la manière de procéder un peu plus.

Mais quand même, il faut que je me ressaisisse. Je refuse de m'attacher à une meurtrière, peu importe que ses actes soient justifiés ou non. Ce qui est arrivé aujourd'hui ne se reproduira plus.

Sur cette décision, j'attrape mon téléphone abandonné face contre la table de chevet. J'envoie un message à Céleste pour éviter de l'inquiéter… Enfin, plus qu'elle ne l'est déjà au vu de son spam.

Nika : En fait, fausse alerte, ce n'était pas elle.

Je mens, car si je lui révèle l'identité de Lou, elle la fera arrêter, ou *leakera* l'information avant moi. Or, c'est mon enquête, mon cas et aussi… Je ne souhaite pas envoyer Lou en prison. Tuer des gens est l'un des pires crimes qu'un humain puisse commettre, cependant, la prison ne sera jamais la solution pour limiter les meurtres. Au contraire, réunir des personnes en colère, violentes, sans leur accorder aucun suivi, dans des lieux délabrés et sous-financés, ne fera qu'accroître le risque de récidive.

— Nika ?

La voix de Lou, encore à moitié endormie, m'arrache de mes pensées.

— Mhh ?

— Rien, je voulais juste savoir si t'étais réveillée.

Elle voulait me dire autre chose. Je ne sais pas quoi, mais elle souhaitait me parler. Je n'insiste tout de même pas, craignant qu'elle ne se referme si je lui pose trop de questions.

— Je te manquais déjà ? j'ironise à la place.

— Et voilà, j'ai le malheur de complimenter quelqu'un et ça y est, son ego triple de volume.

— Eh ! Mon ego a toujours été immense.

Lou se dresse devant moi et croise les bras en dessous de sa poitrine. Au vu de sa grimace, mon affirmation ne semble pas la convaincre.

— Je suis contente d'avoir passé l'aprèm avec toi, mais je bosse dans une heure. Sympa l'horaire de fin de journée, ouais.

— OK, j'ai compris, je dois y aller.

Je glisse hors du lit et ramasse mon sac abandonné sur le sol. De son côté, Lou ignore presque ma présence, elle étire ses bras dans un long bâillement paresseux.

— Tu bosses dans quoi ? je m'intéresse.

— Un métier passion que je rêve de faire depuis toujours : caissière.

Le sarcasme dans sa voix m'attriste presque. Je ne connais pas grand-chose de sa vie, si ce n'est qu'elle a abandonné ses études assez tôt et que, depuis, elle enchaîne les petits boulots. Contrairement à elle, j'ai la chance d'avoir un diplôme supérieur et surtout, de faire un métier que j'adore.

— Ouais ben, peut-être que je passerai là où tu travailles un de ces quatre.

Clairement pas. Il est hors de question que je la recroise.

— Ce serait génial… souffle-t-elle dans un sourire si sincère qu'il me briserait presque le cœur.

De ce que j'ai compris, à part Violette, elle n'a pas d'amis ou de proches. Elle se rattache à l'illusion de cette journée en ma compagnie et peut-être, à la sensation d'être enfin appréciée par quelqu'un. Je culpabilise presque.

Chapitre 12

Nika

Une semaine s'est écoulée depuis ma rencontre avec Lou. J'ai fait en sorte de ne sortir qu'à de rares occasions, un peu trop angoissée à l'idée de la recroiser. Lors de mon semi-confinement, j'ai filmé quelques vidéos, j'ai avancé dans le montage d'autres. Les vues pas folichonnes lorsque je parle de mes romans sur Instagram et TikTok ont pas mal impacté ma productivité. À quoi bon créer si personne ne s'intéresse à ton art ? On écrit des romans pour qu'ils soient lus[1].

Pour ne pas annuler ma vidéo, puisqu'elle m'a déjà coûté trop cher, je me suis contentée de poser quelques questions à Mel, la mère croisée au salon de thé.

Elle a développé le cas du professeur de sport assassiné par La Vengeresse. Il était connu de tous pour ses attouchements envers les jeunes élèves. Toutefois, l'administration du collège refusait de le virer tant qu'il n'était pas condamné par la loi, ce qui ne risquait pas d'arriver, puisque la plupart des plaintes se faisaient tout simplement refuser par la gendarmerie. Celles acceptées terminaient

---

[1] En tant qu'autrice, je ne partage pas l'avis de Nika, mais bon, fais-toi plaisir, t'as le droit de déprimer, ma vie.

classées sans suite au bout de longues années à ne donner aucune nouvelle. Avec une telle description, j'en viendrais presque à comprendre pourquoi Lou utilise la violence, à défaut d'autres solutions. Ses crimes ne sont qu'une conséquence d'un système défaillant – et merdique, mais c'est un autre débat.

Puisque ma vie ne se résume pas qu'à travailler, je me suis aussi baladée à travers Toulouse. La ville se trouve à trois quarts d'heure en train, les chances d'y croiser Lou par mégarde sont assez minimes, voire inexistantes. J'ai découvert les bords de la Garonne, où un léger vent a rafraîchi l'après-midi d'été. Au cours de ma balade, j'ai croisé un immense jardin plein de bancs à l'ombre des arbres. Je me suis posée plusieurs heures, j'ai avancé dans l'écriture de mon roman, parce que même s'il n'intéresse pas grand monde, je tiens à le terminer.

Dans la petite ville du Tarn, je n'ai visité aucun commerce qui pourrait contenir une caissière. Autrement dit, je ne suis allée nulle part, sauf au salon de thé.

Je suis devenue un paresseux, préférant me faire livrer mes courses sur Uber Eats. Au moins, ma stratégie a fonctionné et je n'ai plus croisé la route de Lou. J'ai un peu *stalké* son Twitter, je crois qu'elle a glissé quelques sous-entendus déçus à mon propos, mais ça s'arrête là. Elle m'oublie, ce qui n'est pas plus mal pour garder la vie sauve.

— Et donc, tu veux quelque chose à manger en particulier ?

Céleste se gare face au centre commercial d'Albi. Elle n'ouvre toujours pas la porte. Nous profitons en silence des dernières secondes de fraîcheur, l'air dans la voiture contraste avec l'intense canicule à l'extérieur.

— De la crème glacée ! Euh, des glaces plutôt. Je m'en fous du goût, je veux juste des glaces !

Elle éclate de rire, dévoilant ses dents blanches et bien droites. Elles correspondent presque à la couleur de ses cheveux, si décolorés qu'ils s'approchent de la teinte d'une feuille de papier. Leur couleur a contribué à la célébrité de Céleste, il faut se démarquer sur YouTube, et son apparence physique a joué autant que mon accent québécois a plu.

— OK, va pour des glaces. Mais là, ça ressemblait presque à un appel à l'aide.

— Très sincèrement, oui.

Sur cette réponse, Céleste se décide enfin à ouvrir la portière. La chaleur suffocante nous colle à la peau, qui devient aussitôt moite. Plus jamais je ne visiterai le sud de la France en été, les pointes à quarante-trois degrés ne sont pas supportables pour la créature fragile que je suis. Au Québec aussi, on a parfois des canicules, mais par rapport à ici, elles sont plus que supportables. Je ne m'en plaindrai plus, je crois.

— Est-ce que t'as besoin que je t'achète quelque chose d'autre ? questionne Céleste.

— Non, enfin, je ne crois pas.

Elle hoche la tête et passe entre les nombreuses voitures du parking. Ce dernier étant vide d'arbres, le soleil nous frappe de plein fouet, de quoi me donner un bon coup de soleil.

Toutes les deux sensibles, on se dépêche de se faufiler dans le centre commercial, dont la grande porte coulissante glisse pour nous. L'intérieur, assez petit, me rassure, je ne risque pas de m'y perdre. Je reconnais tout de même les devantures de certaines enseignes connues, dont une spécialisée en chocolat. Céleste remarque d'ailleurs que je fixe le petit commerce, elle me propose d'y entrer.

— Non, je me connais, je vais craquer et dépenser tout mon argent.

— C'est galère en ce moment ?

— Ben, l'été, c'est toujours compliqué.[2]

— Pas faux. Et justement, une petite vidéo pas prise de tête ensemble pourra plaire. Ce sera calme, ça correspondra bien à l'été.

Puisque je partage son avis, je ne réponds pas. Je me contente de la suivre jusqu'à la partie dédiée à la nourriture. J'ai demandé à Céleste de venir me chercher en voiture, prétextant un bug sur l'application de la SNCF, craignant en réalité de croiser Lou sur la route.

— D'ailleurs, l'autre jour, tu m'as dit que tu pensais avoir trouvé La Vengeresse. OK, tu t'es trompée, mais qu'est-ce qui t'a fait croire ça ?

Je réfléchis *trop* à ma réponse, de quoi laisser le temps à Céleste de passer dans un rayon plein à craquer de céréales. Enfin, elle atteint celui consacré aux pains, brioches et pâtisseries. Sur la pointe des pieds, elle essaye d'attraper un

---

[2] Les revenus des publicités avant/pendant vidéos rapportent moins aux YouTubers en été. Par contre, le mois de décembre est celui où elles rémunèrent le mieux.

paquet de donuts. Elle effectue plusieurs petits sauts, ses doigts effleurent à peine le haut de l'étagère. Ça y est, c'est mon heure de gloire, il est temps d'utiliser ma grande taille à bon escient.

Je pose ma main sur l'épaule de Céleste et appuie légèrement dessus, l'invitant à se décaler. J'attrape sans difficulté la boîte désirée et la lui tends. Je n'avais pas d'intention particulière derrière cet acte à part me vanter, et pourtant, son visage s'empourpre.

— Pour répondre à ta question, je prononce enfin, la fille sur laquelle j'étais tombée laissait quelques sous-entendus étranges sous les tweets de sa meilleure amie. Parfois, on a tendance à oublier que nos réponses à des tweets sont publiques, même si on n'est que deux à intervenir.

Tandis que je dévoile une partie des informations, j'attrape d'autres friandises, dont une boîte de cookies que je glisse dans le *tote bag* de mon amie. Elle le remarque, mais se contente de me lancer un regard faussement accusateur.

— Je vois. Et qu'est-ce qui t'a fait dire que ce n'était pas elle ?

— Tu vas me juger.

— Dis-le-moi et, en échange, je t'achète ce que tu veux !

À la suite de cette offre, je m'approche du rayon soupe. Des dizaines de marques proposent des cartons colorés, sur lesquels sont imprimées des photographies bien trop retouchées de fruits et de légumes soi-disant bio. Sans hésiter une seconde, j'attrape deux cartons de gaspacho : après tout, c'est l'été, c'est la saison.

— Tu vas me prendre ces délicieux gaspachos ?

— Oui, Cheffe. Bref, dis-moi.

— Je me suis rapprochée d'elle pour essayer d'un peu la connaître. On n'a rien fait d'étrange, je suis juste allée regarder un film chez elle. Bref, j'ai profité du fait qu'elle soit endormie pour un peu tout fouiller et j'ai trouvé de tout, sauf une preuve d'une affiliation aux meurtres.

— Rah ouais, tes enquêtes, c'est de tremper ta nouille partout.

— Mais non ! On n'a rien fait, je t'assure ! je me défends, presque paniquée.

Mes joues rougissent tandis que Céleste continue à me taquiner. Elle atteint la partie dédiée aux fruits et légumes, elle choisit quelques avocats, une barquette de fraises et une dernière de bananes. Elle passe fluidement entre les clients, accorde des sourires polis et chaleureux aux curieux qui posent trop leurs yeux sur elle. Reste à savoir si c'est parce qu'ils l'ont reconnue, ou bien à cause de son style. Lorsqu'elle atteint la caisse à l'avant du centre commercial, elle parvient même à plaisanter avec le caissier, un homme d'environ trente ans. Son aisance m'impressionne : moi qui me pensais sociable, je réalise qu'en fait, je suis juste moins introvertie que la norme.

— T'es super à l'aise avec les gens, tu m'étonnes que tout le monde t'apprécie, je souffle tandis qu'elle range les quelques courses dans son sac.

— C'est une de mes spécialités, oui. D'ailleurs, je ne t'ai pas demandé ton avis, j'ai acheté des glaces au chocolat.

— Super choix ! Maintenant, on rentre chez toi ?

Chapitre 13

Nika

Je ne pensais pas que la maison de Céleste serait aussi spacieuse. En réalité, ça paraît assez logique lorsqu'on sait qu'elle a adopté quatre chats et un chien. Pourtant, je l'imaginais avoir un mode de vie similaire au mien : petit appartement, quoique bien situé, quelques plaisirs de temps à autre, et surtout, mettre de côté tout son argent.

J'ai grandi dans une famille de la classe moyenne. Autrement dit, j'ai grandi en pensant être riche alors que ma mère sautait des repas pour m'acheter les jouets que je voulais. Les imprévus, les crises, les confinements, toutes ces situations incontrôlables impactaient nos revenus et donc notre qualité de vie. On n'est pas assez pauvres pour se sentir concernés par les lois contre les pauvres, mais on l'est suffisamment pour galérer quand le prix de l'essence augmente. Alors, j'utilise le moins d'argent possible, au cas où.

Céleste n'a pas fait le même choix que moi. Elle préfère acheter une grande maison pour ses animaux, ce qui est aussi compréhensible. Toutes les pièces sont décorées dans les mêmes nuances de couleurs : beige, marron froid ou gris. Parfois, quelques plantes tentent d'apporter un peu de vie, en vain, puisque les bouts des feuilles sèchent et les fleurs manquent de couleurs. À l'inverse de celles de Lou, elles ne représentent rien aux yeux de Céleste.

Céleste me fait un rapide tour du propriétaire. Elle m'indique sa chambre, presque aussi grande que le salon et tout aussi lumineuse. Le désordre y règne, entre le lit mal fait et les jouets pour animaux étalés sur le sol. J'aperçois d'ailleurs un chat couleur cannelle, couché le long du tapis gris à froufrous.

— Lui, c'est Paillettes, explique Céleste.

— Il a l'air adorable.

— Ne le dis pas à ses frères, mais c'est mon préféré, me confie-t-elle.

Je souris tandis qu'elle quitte la pièce et ouvre une nouvelle porte juste en face. Je reconnais le décor où elle filme ses vidéos et le bureau sur lequel elle *streame* parfois. Contrairement au salon ou à sa chambre, tout ici est rangé, bien calé à sa place.

— Du coup, je ne sais pas si tu as lu un peu ce que je t'ai envoyé. Si jamais y a un truc qui te gêne, n'hésite pas à me le dire.

Céleste s'installe confortablement sur son canapé, elle allonge ses jambes dessus et cale sa tête contre les rebords. Par manque de place, je reste debout.

— Yep, tout est bon. Rien ne me gêne ! Une petite vidéo anecdotes et coulisses, ça peut être chouette.

— Oui ! Et tu pourras expliquer pourquoi tu es en France.

— Ça risque d'être suspect, non ? Je veux dire, pour La Vengeresse. Si je suis dans la même ville qu'elle, elle pourrait s'en prendre à moi ?

— Justement, ce serait trop louche si elle le faisait. Et puis, tu es une femme. Tu ne risques rien, je te l'assure.

Je tique sur l'avant-dernière phrase : le mot « femme » me définit, parce que tout le monde me perçoit de cette manière, je n'ai jamais revendiqué l'être. La non-binarité est encore mal vue lorsqu'on est une personne connue sur Internet, encore plus quand on est lesbienne. Néanmoins, Céleste a raison sur ce point : Lou ne tue que des hommes.

Bref, je ne suis pas bien convaincue, mais je me force à croire que je ne risque rien. À la place, je hoche la tête et demande à Céleste où se trouve la caméra. Sans se lever, elle m'indique un rangement métallique sous son bureau, je comprends que je dois m'y rendre. J'ouvre tous les tiroirs jusqu'à atteindre celui où est rangé le matériel pour les vidéos, dont un micro et de quoi tenir l'appareil devant nous. De son côté, Céleste se recoiffe et passe un peu de maquillage sur ses joues.

— T'en veux ? me demande-t-elle.

— Un peu de poudre, s'il te plaît. Et purée, on dirait une phrase de droguée.

— Flash info, le vrai visage de Nika !

Je souris et la rejoins, cette fois, elle me laisse un peu d'espace. Pendant que je m'étale du maquillage sur le front, elle vérifie les derniers réglages de la caméra. J'applique une tonne de produit sur ma peau, j'aimerais éviter qu'on remarque toute la sueur qui dégouline de mon corps. Le pire lorsqu'on tourne une vidéo, c'est qu'on ne peut pas allumer les ventilateurs. Le bruit trop intense nuit à la qualité du son, alors, on n'a pas d'autre choix que de supporter la chaleur.

— D'ailleurs. J'ai vu dans une de tes dernières vidéos que tu écrivais des romans. Ça avance ou pas trop ?

Je baisse les yeux. Depuis que je suis arrivée en France, j'avance à la vitesse d'un escargot, malgré la longueur de mes séances d'écriture. Je manque d'inspiration et surtout, les doutes l'emportent sur mon souhait de terminer une histoire. J'ai presque atteint les trois quarts d'une fantasy. Si je m'imposais une certaine discipline, j'achèverais ce roman en moins de deux semaines. Et pourtant, je procrastine.

— Bof, honnêtement. Peut-être qu'en fait, ce n'est pas fait pour moi.

— T'as à peine commencé et t'abandonnes déjà ? s'exclame Céleste.

Elle claque ses mains entre elles, le bruit sec attire aussitôt mon attention sur elle. Avec ses sourcils froncés et ses joues gonflées, on croirait qu'elle est en colère. Céleste paraît outrée par mes paroles, comme si je venais d'annoncer que j'allais commettre un affreux crime – au moins, c'est dans le thème de nos vidéos.

— Bah... Il y a déjà tant d'écrivains sur le marché et...

— Si tu avais réfléchi de cette manière quand tu as commencé YouTube, tu ne serais jamais devenue la personne que tu es maintenant. Alors, arrête de baisser les bras face au premier coup de mou que tu as. Non mais oh !

Tandis qu'elle me lance son discours inspirant, elle passe un dernier coup de brosse dans ses cheveux ondulés.

— Pardon, je manque parfois de confiance en moi.

— Ça se voit, mais en grandissant, ça va mieux. J'étais pareille à ton âge et je n'ai jamais baissé les bras.

Malgré son apparence, Céleste est plus âgée que moi. Vingt-cinq ans, elle est carrément née au millénaire passé[3]. Quelques années en arrière, j'aurais jugé inimaginable de bien m'entendre avec une personne « si vieille », mais, en fait, ce n'est pas énorme. Je dis sans doute ça, parce que je grandis moi-même. Au fond, je suis consciente que les ados d'aujourd'hui continuent de penser qu'à la vingtaine, on a déjà un pied dans la tombe.

— Tu parles comme une vieille alors qu'on n'a pas tant de différence.

— Deux ans peuvent changer beaucoup de choses dans une vie.

— Certes. Bon, je peux aller vite fait aux toilettes avant qu'on commence à filmer ?

Céleste hoche la tête. Je me dépêche de trouver les sanitaires parmi les trop nombreuses pièces de la maison.

---

[3] En bon enfant de la gen-z qui se respecte, Nika aime bien se moquer des personnes nées avant les années 2000. Elle a le droit, elle est née en 2001.

Chapitre 14

Lou

Cette après-midi est d'un ennui terrifiant.

Pour me distraire, je cuisine un tiramisu. Violette les adore, elle dit que je les fais mieux que tout le monde. Aussi, ce n'est pas une recette si complexe, c'est un peu le dessert de la flemme, qui rend quand même assez bien pour qu'on pense que je m'investis.

Puisque je déteste le silence, je parcours YouTube à la recherche d'une vidéo. Je l'utilise en tant que fond sonore afin de rendre les tâches banales un peu moins chiantes et aussi, empêcher la culpabilité de s'imposer dans mon quotidien.

Toute distraction est bonne pour oublier que je suis une meurtrière.

Je glisse mon doigt sur l'écran fissuré de mon téléphone, les recommandations défilent à toute vitesse. Soudain, une miniature attire mon attention. Une vidéaste locale que je visionne parfois vient de poster une vidéo et, sur la miniature, je reconnais Nika.

Mon cœur s'emballe.

Je tape son prénom sur la barre de recherche, une chaîne à plus de cinq cent mille abonnés apparaît.

Je comprends mieux pourquoi son visage m'était familier, je l'ai déjà vu sur Internet. J'abandonne mon tiramisu, je me dépêche d'atteindre ma chambre et m'abandonne sur le lit.

Je parcours tout son compte, découvrant avec déception les vidéos qu'elle produit. Une majorité raconte des crimes et des histoires autour d'assassins.

Mes pensées se joignent à la panique de mon cœur. Mon esprit devient un tourbillon de peurs, plein de théories et de scénarios plus dramatiques les uns que les autres.

Un tel hasard est impossible. Nika savait ce qu'elle faisait lorsqu'elle m'a parlé, encore plus quand on s'est embrassées.

Ça expliquerait même sa réaction face au dessin de Ludovic. Elle a dû me prendre pour une personne sadique, à garder la gueule d'une de mes victimes dans ma chambre. Parce que même si Nika tient à se montrer indulgente, les criminels cruels et dépravés, elle ne les défend jamais : la méchanceté ne fait pas partie de ses valeurs.

Des larmes s'accumulent au coin de mes yeux. Me faire arrêter par la police, finir ma vie en prison, ça m'importe peu. Je me suis préparée à cette éventualité. Par contre, Nika a trahi ma confiance. Elle m'a manipulée dans l'espoir d'apprendre plus d'informations à mon sujet, sans doute pour une prochaine vidéo.

Comme la majorité des personnes rencontrées au cours de ma vie, ce n'est qu'une connasse qui s'intéresse aux autres dans l'unique but d'assouvir ses propres désirs. Au point de carrément jouer avec mes sentiments, mais bon, c'est elle la gentille de l'histoire, l'enquêtrice qui prend des risques face à la *dangereuse* Lou.

Je me retiens de pleurer, parce que mon ego ne le supporterait pas. À la place, je frappe un de mes oreillers et le balance à l'autre bout de la chambre. Il rebondit contre le mur, provoquant la chute de quelques dessins mal collés. Toujours en colère, je ne les ramasse même pas. Je préfère glisser mes pieds dans mes chaussures et quitter l'appartement. Je claque la porte de toutes mes forces, le son résonne à travers toute la cage d'escalier. Le voisin du dessous hurle, je ne comprends pas toutes ses paroles et pour être honnête, j'en ai rien à foutre.

J'ai embrassé une fille qui ne voulait pas mon bien. Ce n'était qu'un baiser, mais putain, pour une fois que j'accorde ma confiance à quelqu'un d'autre que Violette, il fallait que ça se termine mal.

Justement, j'ai juste besoin de voir ma meilleure amie. Elle comprendra ma rage et, avec un peu de chance, elle me calmera.

Je ne vérifie pas les horaires des bus, je me contente d'avancer entre les rues de la ville. Le pas pressé, je la traverse à toute allure, on croirait presque que j'essaye de fuir mon appartement.

Je fuis la panique, c'est différent.

Et si je croisais Nika dans la rue ? De ce que j'ai compris, son Airbnb se trouve dans le même quartier que celui où réside Violette. Je refuse qu'elle me voie dans cet état.

Quoiqu'elle m'a déjà vue en pleine crise d'angoisse.

Sérieusement, quelle tueuse en série se laisse autant

emporter par ses émotions ? Comment je peux réussir à dissimuler toutes les preuves, à m'en sortir indemne depuis des années alors que le moindre événement inattendu me déstabilise ?

    Je ne suis pas une meurtrière talentueuse ou une assassine hors pair. J'ai de la chance, c'est tout. Les policiers de ce coin sont d'une incompétence sans nom, ils pourraient me trouver s'ils réfléchissaient.

    Aussi, les gens ne me haïssent pas. Je ne tue que des connards, des manipulateurs qui brisent les adolescentes de la ville. Je ne m'en prends qu'à des personnes qui doivent cesser leurs actes, qui ne le feront jamais d'elles-mêmes. J'arrache des vies pour en sauver des dizaines d'autres. Du coup, ça passe mieux aux yeux de l'opinion publique.

    Et c'est terrible, parce que j'ai commencé par pur égoïsme.

    Je ne suis pas une héroïne qui tue pour le bien commun. Je ne suis qu'une meuf de vingt-trois ans, paumée, toujours hantée par les démons de ses parents, de ses agresseurs, du harcèlement scolaire. Une personne si pathétique qu'elle continue à s'en prendre aux gens qui l'ont blessée dix ans en arrière.

    Ma première tentative de meurtre remonte à ma classe de cinquième. J'étais anxieuse, timide, étrange, donc on se moquait de moi. S'en prendre aux personnes différentes est plus simple que de se demander ce qui explique un tel décalage.

    Dans mon cas, de la maltraitance de mes parents. Rien d'assez violent pour alerter les professeurs ou les services sociaux, mais suffisant pour me traumatiser et me transformer en une gamine rejetée de tous.

Seule Violette traînait avec moi, parce qu'on se connaît depuis toujours. Elle était ma voisine, on se voyait même avant d'entrer en maternelle. Nos personnalités n'ont pas toujours collé et pourtant, on s'est toujours aimées.

Au collège déjà, tout le monde la trouvait belle. Surtout, on la trouvait assez normale pour ne jamais subir de moqueries. J'ai longtemps ressenti de la jalousie envers elle, je voulais devenir une Violette bis, sans jamais y arriver.

À la place, on se foutait de ma gueule, parce que j'étais sale, parce que j'avais les cheveux gras. On faisait semblant de vomir lorsque je passais dans les couloirs, on m'ignorait quand je parlais aux autres, comme si je n'existais pas. Ils lançaient de fausses rumeurs à mon encontre, on disait que j'entendais des voix, que j'étais folle. On volait mes affaires. On me tirait les cheveux. On me les coupait en cours. On me choisissait en dernier en sport. On me balançait exprès les ballons en pleine dans le ventre. On me crachait à la figure.

Violette faisait de son mieux pour me défendre, mais je refusais qu'elle s'implique trop. Je craignais qu'elle subisse la même haine que moi par association. Je préférais tout supporter seule que lui imposer un tel cauchemar.

Un jour, elle m'a dit que, si elle le pouvait, elle tuerait tous ces connards. J'ai ri, puis je lui ai demandé comment. Elle m'a répondu qu'empoisonner ne laissait pas trop de traces.

Le lendemain, j'ai débarqué avec un gâteau fait avec tous les produits chimiques que j'ai pu dénicher chez mes parents.

J'ai offert des parts à mes camarades de classe qui, étrangement, ne ressentaient plus le moindre dégoût à mon égard. Ils ont tout pris, certains ont commenté le goût dégueulasse, la plupart l'ont quand même bouffé.

Quelques heures plus tard, ils ont tous eu une chiasse monstre. Ils couraient les uns après les autres aux toilettes, ils vomissaient et criaient pendant les cours d'anglais.

C'était jouissif.

Avec le temps, Violette a perfectionné ma technique jusqu'à la rendre mortelle. Depuis, c'est notre manière de tuer des gens : les empoisonner avec de la bonne nourriture. Le fait d'avoir cette signature permet même de m'innocenter des quelques meurtres par arme blanche que j'ai commis.

Sur cette pensée, j'atteins la porte couleur acajou de la maison de Violette.

Chapitre 15

Lou

— Lou... Je ne m'attendais pas à te voir ici.

Les yeux rouges et le nez plein de morve de Violette ne m'annoncent rien de bon. Sans connaître la nature de ses larmes, je n'hésite pourtant pas à enrouler mes bras autour d'elle et la presse contre moi. Elle dépose sa tête sur mon épaule et continue à pleurer tandis que je lui caresse les cheveux dans l'espoir de la calmer. Ses gémissements se prolongent plusieurs longues secondes, le temps nécessaire pour me remettre les idées en place.

Au diable Nika et sa stupide enquête. J'ai bien plus urgent à gérer : le bonheur de ma meilleure amie.

— Il s'est passé quoi ? j'ose demander lorsqu'elle cesse de sangloter.

— Seb... Il est revenu me parler et... Ça a tout déclenché.

Sébastien, l'ex de Violette. Puisqu'il s'agissait de la première véritable relation de mon amie, elle restait assez naïve face aux comportements toxiques de ce type. Elle ne les a repérés que bien trop tard, quand ils avaient déjà causé des dégâts considérables sur sa santé mentale et son estime d'elle-même. Grâce à mon aide, elle a réussi à le dégager, mais depuis, il tente de reprendre contact presque tous les mois. Elle a beau bloquer son numéro de téléphone, ses réseaux sociaux, tout, Sébastien trouve toujours un moyen de revenir. Depuis des années, il enchaîne l'achat de cartes SIM jetables, la création d'adresses mail à l'infini, pique les téléphones de ses potes – qui le défendent face à son « ex folle ». Rien n'arrête un homme obstiné. Il doit s'imaginer qu'insister suffit à tout faire oublier. En fait, il refuse de comprendre que si Violette l'a quitté, ce n'est pas parce qu'elle serait une gamine irréfléchie, c'était même l'inverse. Dans le couple, il était celui qui débordait de jalousie, contrôlait aussi bien sa colère qu'un enfant et insultait sans cesse.

— Il t'a dit quoi exactement ?
— Qu'il voudrait me voir, rien de plus.
— J'espère que tu l'as envoyé se faire foutre.

Violette recule de quelques pas, laissant assez d'espace entre elle et la porte pour que je puisse enfin rentrer. Dans le salon, les coussins à quelques mètres du canapé m'indiquent que, comme moi plus tôt, elle s'est défoulée contre eux.

— Bien sûr ! Il ne me reverra plus jamais, il est hors de question que je laisse à qui que ce soit la possibilité de me faire du mal.

Cette phrase est l'un des piliers de notre amitié. Elle me la répétait sans cesse lorsque nous étions collégiennes et lycéennes, sans jamais l'appliquer à elle-même. La voir enfin prendre en compte ses propres conseils me fait un bien fou, parce que je refuse de voir mon amie malheureuse.

— C'était un pauvre con comme on en a connu plein dans la vie, mais justement, ce n'était qu'un pauvre con.

— Ouais...

Violette avance jusqu'à la cuisine où, sur la pointe des pieds, elle attrape un rouleau de Sopalin, à défaut d'avoir des mouchoirs sur elle. Ma présence lui remonte le moral. En tout cas, assez pour que je me permette de changer de thème et de lui confier la raison de ma visite.

— En parlant de pauvre con, tu savais que Nika était une youtubeuse *true crime* ? Qu'elle est venue ici, entre autres, pour enquêter sur moi ?

— Pardon ?

Le mouchoir improvisé de Violette chute sur le sol en pierre, mais elle ne le ramasse pas. Cette information la choque, et surtout, lui fait peur. Nika pourrait me dénoncer à tout moment, on se retrouverait séparées à tout jamais.

Je ne peux pas vivre sans Violette et je suis certaine qu'elle non plus, ne peut pas vivre sans moi.

— Oui. Elle m'a démasquée, je ne sais pas trop comment.

— T'es dans la merde, souffle Violette.

— Je crois.

— Sauf si tu l'élimines.

Meurtre

Violette et Lou ont toujours été un duo inséparable. Mais Violette a l'ascendant sur cette amitié et elle le sait. Lou pourrait risquer sa vie pour elle, mourir pour elle, bien sûr, tuer pour elle. Donc Violette en profite. Quand son amie ne souhaite pas faire quelque chose que Violette veut, elle trouve un moyen de la convaincre. Ce n'est pas de la manipulation, étant donné qu'elle aime sincèrement Lou, elle préfère dire qu'elle maîtrise l'art de la rhétorique.

Lorsque les deux amies ont souffert à cause du même homme, elles se sont promis qu'elles se vengeraient. Dès le début, Violette pensait à la mort. Elle se souvenait des actes de Lou en cinquième, si jeune et déjà si déterminée à tuer. Sa ferveur devait continuer d'exister quelque part, au fond d'elle.

Pourtant, Violette a pris plusieurs mois avant de proposer cette solution à sa meilleure amie. En réalité, c'est sa séparation avec Sébastien qui l'a décidée à sauter le pas. Elle n'en a jamais parlé à Lou, mais son ex la forçait à avoir des rapports sexuels. Quand elle l'a quitté, Violette n'a pas hésité une seconde : elle s'est rendue au commissariat pour porter plainte. Résultat ? On lui a dit qu'ils étaient en couple, que ce n'était pas un viol. Qu'il suffisait de faire un peu plus d'efforts, que si elle ne voulait pas, elle aurait pu dormir chez elle.

Ce traitement l'a convaincue : elle ne pouvait plus dépendre des autres, elle devait se faire justice elle-même. Enfin, pas complètement. Ce serait à Lou de faire le sale boulot.

Tuer Sébastien serait trop évident, alors elle s'est rabattue sur Nicolas.

Lorsque Violette a proposé son plan, Lou l'a traitée de folle. Mais à force d'insister, elle a fini par la convaincre. Elle lui assurait que c'était la bonne chose à faire, pour elles et surtout, pour les autres.

Puisque la police est d'une incompétence hors normes, que la justice n'aide pas plus, il faut bien que quelqu'un se dévoue.

Pour rassurer son amie, Violette a expliqué à Lou qu'elle n'aurait qu'à agir, que ce serait elle, le cerveau du plan. Elle a aussi menti, assurant que si elles se faisaient attraper, elle prendrait toute la responsabilité sur son dos. En réalité, elle ne compte pas le faire. Violette fait attention à ne laisser aucune preuve qui pourrait la relier aux meurtres de Lou. Elle n'est ni complice ni coupable, ce n'est qu'une fille amie avec la mauvaise personne, *rien de plus*.

Aux yeux de la justice, que Violette déteste pourtant si fort, elle est innocente.

Chapitre 16

Je fixe la barre qui clignote sur mon ordinateur. Elle attend que je tape sur mon clavier, que je forme enfin les prochains mots de mon roman.

Je réfléchis à la bonne manière de commencer le chapitre. Trouver comment l'introduire sans qu'il détonne trop par rapport au reste du texte me demande plus d'efforts que prévu, mais je n'abandonne pas.

Céleste avait raison. Ce n'est pas en baissant les bras que je réaliserai mes rêves. Alors, tant pis si ce premier jet déborde de coquilles et d'incohérences, il faut que je le termine.

Idem pour Lou, si j'abandonne l'idée de la connaître, elle et sa vie, ma vidéo deviendra d'une banalité mortelle. Je n'ai pas voyagé à l'autre bout du monde pour rien. Je suis venue en France pour elle et je ne repartirai pas sans avoir ce que je veux, c'est-à-dire des informations exclusives.

Dès que j'aurai terminé mon chapitre, j'irai en ville. À partir d'aujourd'hui, je sortirai tous les jours jusqu'à la croiser.

Je trouve enfin un angle d'attaque pour la suite de mon roman. Les phrases s'enchaînent les unes après les autres presque magiquement, sans que j'aie à me forcer. La protagoniste, Louise, enchaîne les actions et, en tant que chevalière charismatique, se débarrasse de quelques méchants sur sa route.

Avant d'être un prénom, Lou était le surnom du prénom Louise.

Je m'aperçois que ce personnage ressemble à la fille que je connais. Toutes les deux tuent, soi-disant pour la bonne cause, car leurs victimes représentaient une menace pour leurs proches ou elles-mêmes. Pourtant, je ne diabolise pas autant les meurtres de Louise que ceux de Lou.

D'abord, parce qu'elle a tué de vraies personnes. Aussi, parce que les crimes des chevaliers, militaires et autres personnes censées détenir l'autorité, sont mieux acceptés. Bien sûr, je ne parle pas des cas de légitime défense. Cependant, je trouve qu'on a trop banalisé le fait que certains métiers nous accordent le droit de choisir qui peut vivre ou non. Si j'étais croyante, je dirais même que seul Dieu peut tuer. Dans mon cas, je pense plutôt que c'est à la nature de décider.

Cependant, Lou comme Louise agissent avec conviction. Dans son cas, elle assassine par féminisme, pour protéger d'autres femmes des hommes.

En tant qu'anarchiste, je suis bien consciente qu'il faut de la violence pour changer une société, mais je pense aussi qu'il y a des manières plus stratégiques et humaines de faire. Surtout, Lou ne montre pas de signes de regrets, elle supporte bien ses meurtres. Du moins, je ne vois que cette explication pour afficher le visage d'une de ses victimes dans sa chambre.

Peut-être qu'elle se cache derrière une idéologie pour justifier le fait qu'elle aime tuer.

Pour l'heure, je ferme mon ordinateur, un chapitre de

trois mille mots tout juste écrit. Je m'avance jusqu'à la salle de bain, je contemple mon reflet dans le miroir. Mon teint pâle m'étonne, on croirait que je viens de guérir d'une maladie terrible.

J'ouvre le robinet, je passe de l'eau sur mon visage. La fraîcheur de celle-ci n'améliore pas mon allure, mais suffit à m'arracher à mon imagination.

Les aventures de Louise retournent dans mon inconscient. À présent, c'est Lou qui s'impose. Je vérifie en vitesse son profil Twitter, *scrolle* à travers ses différents messages. Entre quelques blagues et partages sur la situation politique du pays, elle publie ses émotions. La plupart mélancoliques, tristes... Pleines de culpabilité.

Elle mentionne à plusieurs reprises qu'elle est une mauvaise personne, qu'elle se déteste, parce qu'elle est un monstre.

J'ai tiré des conclusions bien trop hâtives. Son cas n'est pas complètement foutu, l'éthique existe toujours chez elle. Je repense à la fameuse expression que je vois souvent passer sous forme de blague sur Internet : *I can fix her.* Peut-être que c'est le cas pour Lou. On ne peut pas ressusciter les morts, toutefois, avec les bons arguments, je peux la convaincre de cesser ses meurtres. Après tout, son dernier remonte à plusieurs mois, et elle culpabilise, donc ce n'est pas un cas perdu. À la place, je pourrais tenter de la convaincre de rejoindre des associations d'aide aux victimes de violences sexistes et sexuelles. C'est niais, un peu idéaliste, mais avec un peu de chance et pas mal de détermination, je peux y arriver.

Motivée par ce nouvel objectif, je passe un peu de déodorant sous mes aisselles et quitte ma location, direction le centre-ville. Je traverse quelques rues pleines de bars bien trop vides pour un samedi soir. Vite, j'atteins le quartier plein de boutiques de vêtements et de maquillage, toutes fermées.

Même la place du salon de thé est déserte, c'en devient presque angoissant. OK, j'exagère. Quelques enfants jouent près de la fontaine, surveillés par leurs parents, c'est juste que, pour un samedi d'été, le manque de population m'étonne.

J'ai vu plus de monde à l'enterrement de mon père qu'ici, ce qui est inquiétant, puisqu'il n'avait ni amis ni famille.

Curieuse de ce manque de vie, je m'approche d'un des rares passants. Une femme aux cheveux courts et bouclés, elle arrose les fleurs autour de la fontaine, tout en soufflant l'air d'une musique populaire.

— Bonjour ! je m'exclame.

— Oh, bonjour, lâche-t-elle, un grand sourire sur les lèvres.

— Je me posais une question. Pourquoi il n'y a personne dehors à cette heure ?

— « Personne » reste une sacrée exagération, constate la femme.

D'un geste de tête, elle indique la terrasse d'un restaurant. Quelques clients s'y sont assis, ils profitent des dernières minutes de soleil de la journée.

— Mais je comprends ce que tu veux dire. Ils se trouvent sûrement à la guinguette.

— La quoi ?

— C'est au bord du Tarn. Tu verras, c'est typiquement français et un peu beauf, mais il y a de bonnes glaces.

Sur cette réponse, la femme me salue d'un geste de la main, puis me tourne le dos. Elle retourne à son occupation, c'est-à-dire secouer l'arrosoir sur les tulipes jaunes.

Seule, face au salon de thé fermé, je me force à me remémorer le chemin indiqué par Lou lorsqu'elle s'est improvisée guide touristique. Dans un coin de la place, entre un bar et une boutique de bijoux, il existe une petite ruelle. Au bout de celle-ci, j'atteindrai l'escalier aux marches glissantes.

Le long du chemin, un léger vent chaud me caresse la joue, me rappelant que même la nuit, la température ne baisse pas. Comme la dernière fois, j'enroule mes doigts autour de la rambarde et descends avec délicatesse. J'ignore la place au grand arbre, je poursuis ma route jusqu'à atteindre le parking en face du Tarn. L'eau toute verte de la rivière m'interpelle, bien que ce soit la musique à ma gauche qui remporte la bataille pour accaparer mon attention.

Je la laisse me guider jusqu'à ce que je devine être l'arrière d'un parc. Plusieurs stands en bois s'y trouvent, j'aperçois aussi des chaises en plastique, accompagnées de quelques tables. Des guirlandes lumineuses pendouillent sur les branches d'arbres, censées servir de décoration. Juste en face de l'entrée se trouve un immense panneau où quelqu'un a peint le mot « Guinguette ». Devant celui-ci, des enfants bien trop énergiques saccagent un château gonflable. Ils sautent dans tous les sens, produisent des girouettes dangereuses qui causent la peur de leurs parents, assis devant. Certains sirotent des bières fraîches, d'autres goûtent les fameuses glaces conseillées par la femme de la place.

Mon regard se pose longuement sur la scène tout au fond du chemin sableux. Un jeune groupe y joue des chansons inconnues, je comprends vite qu'il s'agit de leurs propres compositions. Étonnée par la qualité de cette musique avec de grosses inspirations *emo*, je sors mon portable et les enregistre. Je les chercherai plus tard sur Spotify.

D'abord, je veux ma crème glacée.

Je zigzague entre les nombreux humains, debout et assis, qui m'empêchent d'atteindre le stand de glaces. Celui-ci est simple à reconnaître ; les propriétaires ont collé une immense affiche en forme de glace sur la devanture. Le nombre de saveurs proposées reste assez maigre par rapport à ceux qu'on pourrait trouver en restaurant, mais ils proposent café et vanille, mon combo préféré. Je hurle les goûts souhaités à la femme derrière le comptoir, ma voix est masquée par le brouhaha des gens et, surtout, de la musique. À la place, je me contente de pointer du doigt les saveurs qui me plaisent, puis de payer. Par chance, le glacier ne proposait que des pots, ce qui me rassure, car je déteste les glaces en cornet : elles fondent et collent aux mains.

Je plonge la cuillère en carton dans la crème glacée, je goûte d'abord la boule de café. Elle manque de saveur et est un peu trop sucrée, même si elle reste agréable. La vanille, quant à elle, ravit mes papilles. Satisfaite, j'attrape une chaise libre et l'isole assez pour ne pas avoir à supporter le passage des nombreux visiteurs. Je savoure la glace dans mon coin, tout en jetant des coups d'œil à mon téléphone. Céleste m'envoie régulièrement des messages, en particulier le soir, alors je devine assez vite qu'elle se cache derrière la notification que je viens de recevoir.

Céleste : Je crois avoir trouvé quelques informations sur La Vengeresse. ;)
Nika : Vraiment ?! C'est génial !!!! Appelle-moi ce soir, là, je suis dehors, mais je veux tout savoir. 👀

Ce court échange me motive à vite rentrer chez moi. Je glisse mon cellulaire dans ma poche et poursuis ma dégustation. Une bonne partie de la glace a déjà fondu, elle s'est transformée en une soupe mélangeant café et vanille. Je trouve ce mélange délicieux.

— Nika ? T'es ici ?

Je ne reconnais pas tout de suite la voix qui m'interpelle. Intriguée, je lève les yeux et lâche la cuillère dans le pot lorsque j'aperçois Lou. Habillée d'une longue robe noire, évasée au niveau des jambes, moulante sur le haut, elle me salue de la main.

— Oui ! Une femme m'a parlé de cet endroit, donc je suis venue.

— C'est génial, je voulais trop te revoir !

— Sérieux ? je m'étonne.

— Oui, vraiment, m'assure Lou, souriant de toutes ses dents.

Bien sûr, cette exclamation me terrifie. Malgré son air

enjoué, rien ne me garantit qu'elle ne m'a pas démasquée. Peut-être qu'elle espérait me croiser pour me faire taire à jamais. Ou au contraire, qu'elle a juste apprécié ma présence. Ne pas avoir de réponse claire m'angoisse, parce que je ne sais pas comment me positionner.

Je regrette de ne pas avoir tout dévoilé à Céleste.

Chapitre 17

Lou

Elle me propose de goûter à sa glace, je refuse. Je n'accepte jamais les actes de gentillesse de mes victimes, parce qu'autrement, je les humanise trop et culpabilise lorsque je les tue.

Encore plus s'ils sont innocents, comme Nika. Déjà que je vis avec la honte de mes actes, bien que je les trouve justifiés, alors si je commence à m'en prendre à des personnes qui n'ont causé aucun mal, ma conscience va juste s'effondrer. En même temps, la menace d'être dénoncée pèse sur moi.

J'enfile un masque que j'espère convaincant et me lance dans un rôle détestable pour arriver à mes fins. Il faut que je reste assez gentille et séduisante pour que Nika accepte de me suivre, sans trop en faire afin de ne pas déclencher des doutes.

— Je préfère les sorbets, désolée, je mens.
— Oh, je vois. Si tu veux, je peux t'en acheter un !

Je dépose ma main sur son épaule, profitant du fait qu'elle soit assise. Je presse sans force, mais assez pour l'empêcher de bouger. Mon sourire forcé – malgré moi – trahit mes intentions. Il ne laisse rien présager de bon, Nika doit s'en douter.

— Non, je t'assure que c'est bon. J'ai préparé quelques cookies. Tu ne préfères pas qu'on les mange ensemble en se promenant ?

Elle fixe mon *tote bag* et fronce les sourcils. On devine la présence d'une boîte, pourtant, mon offre l'étonne. Silencieuse depuis plusieurs longues secondes, elle finit par hocher la tête.

— On n'entend rien ici dans tous les cas, lance-t-elle.

— Génial ! Je peux reprendre mon rôle de guide touristique ! Ce soir, je vais te présenter un coin génial : un peu de nature en plein dans la ville, au bord du Tarn.

Malgré mon enthousiasme, Nika semble perturbée, je dirais même inquiète. Elle a beau afficher un sourire de façade, elle se gratte la peau autour des ongles.

— Un coin de nature ? On sera seules ?

— Il n'y a pas beaucoup de monde à cette heure-ci, je t'avoue.

Nika tente de masquer sa panique. À vrai dire, à part sa voix légèrement tremblante et ses tics, elle y parvient assez bien. Si je n'étais pas consciente qu'elle m'a démasquée, je ne l'aurais même pas remarqué.

Dommage pour elle, je lis de la peur au fond de ses pensées. Être seule, en pleine nature, rien qu'avec moi, ne doit pas la rassurer. Elle s'imagine les choses affreuses que je peux lui faire, loin de toute personne susceptible de lui venir en aide.

Un terrible pincement au cœur me bloque quelques instants, plus aucune parole ne s'échappe de ma bouche, ce qui augmente les doutes de Nika.

J'en peux plus, je culpabilise déjà.

— Alors, tu veux ? J'y vais souvent avec Violette, c'est super joli !

J'ai enfin trouvé le courage de parler.

— Est-ce que j'ai le choix ? souffle-t-elle, dépitée.

Elle m'a définitivement démasquée. Presque soulagée, j'abandonne mon jeu d'actrice médiocre.

— Dans tous les cas, ce sera le dernier de ta vie.

Cette réplique anéantit toute possibilité d'innocence. J'avance à visage découvert, ça rend la chose moins... dramatique ? Au moins, ça n'arrivera pas par surprise, je laisserai le temps à Nika de digérer l'information.

De trouver un moyen de fuir.

Dans peu de temps, on va se lancer dans une partie de cache-cache divertissante, surtout pour moi.

Du moins, c'est ce que tu dois croire pour ne pas t'effondrer. Tuer t'amuse.

En attendant que Nika se lève, je plonge ma main dans mon sac et pioche un cookie que j'approche de ma bouche.

— T'inquiète, ils ne sont pas empoisonnés, j'ironise.

— Très drôle.

Le ton sec de Nika m'impressionne presque autant que son manque de réaction. Malgré la foule autour de nous, elle ne demande pas d'aide, ne hurle pas, ne se cache nulle part. Elle me suit sans se débattre, on croirait qu'elle a déjà accepté son destin.

— Tu vas bien ? je m'inquiète même lorsqu'on atteint le château gonflable.

— Je ne sais pas ce qui va m'arriver, alors c'est assez dur d'être détendue, m'avoue-t-elle.

— Ouais, ma question était peut-être de trop.

Un rire mal à l'aise s'échappe des lèvres de Nika tandis qu'on s'éloigne de la petite fête. On atteint vite une allée entourée de quatre grandes maisons au bord du Tarn. Nika se penche pour en observer une, celle dont la terrasse pend au-dessus de l'eau. Son regard s'attarde sur chaque détail de celle-ci, les poutres en bois recouvertes de lianes, les pots de fleurs, la petite table sur laquelle s'empilent des livres et journaux.

— Ça doit être génial de vivre ici, souffle-t-elle.

— Ce serait mon rêve, je réponds en m'éloignant de cette maison.

Le genre de rêve inatteignable pour une personne comme moi. Parfois, je me dis que j'aurais aimé être une Française de classe moyenne pour qui ces belles maisons restent accessibles à force d'économiser. Une vie tranquille au bord de la rivière, sans angoisses particulières, accompagnée de quelques repas de famille tous les mois, réunissant oncles, cousins et l'éternelle grand-mère qui défie la mort.

Je me demande à quoi aurait ressemblé mon quotidien si mes parents ne m'avaient jamais négligée. J'aurais été normale, en tout cas, assez pour ne pas subir un harcèlement scolaire aussi intense. Ma confiance en moi aurait été plus grande, les faux compliments de Nicolas ne m'auraient pas fait effet et donc, il n'aurait pas reçu de photos de moi.

À la place, j'aurais passé des après-midis à me balader en ville avec des amis, puis à m'amuser dans des soirées au lycée.

J'aurais pu étudier à la fac, sûrement de l'histoire, c'était ma matière préférée au lycée.

Je ne ressentirais pas de colère envers le monde entier, surtout contre moi et ma stupide naïveté.

Je ne tuerais personne.

Mais la vie en a voulu autrement.

— Bon, on va dans ta forêt isolée pour qu'on en finisse ?

— Pardon ? je m'étonne.

— Bah quoi ? Je n'aime pas faire durer les moments qui me font peur. Tiens, c'est peut-être pour ça que ma première fois a été si courte.

Malgré la plaisanterie, son timbre de voix ne ment pas. La terreur submerge ses pensées.

— Avançons, alors.

J'attrape Nika par la main, elle me suit sans protester. On s'enfonce dans un chemin plein de boue et de rochers glissants, entourés par des arbres sur la gauche et la rivière sur la droite.

Comme si elle découvrait la forêt pour la première fois, elle contemple chaque recoin de celle-ci. Le dernier bout de soleil toujours pas caché derrière l'horizon se reflète dans ses yeux foncés. On dirait qu'elle refuse de le quitter du regard et même qu'elle sourit. En tout cas, elle ne paraît ni triste ni énervée, ce qui est assez perturbant. En même temps, je l'imagine mal avoir ce genre d'émotions. Je ne la connais que vaguement et, de ce que j'ai vu, c'est une personne assez solaire, même dans les pires situations.

Putain. Je ne peux pas le faire.

Nika est innocente. Elle n'a rien fait de mal, elle ne

blessera jamais personne, au contraire.

Ouais, elle s'est rapprochée de moi pour ses stupides vidéos et ouais, c'est vexant. Mais ce n'est en rien une raison suffisante pour la tuer.

— Nika ?

— Oui ?

— Est-ce que tu penses que c'est possible de… Que tu ne dévoiles rien à mon sujet si je te laisse la vie sauve ?

Je m'arrête, contrairement à elle, qui tire sur mon bras pour continuer à avancer.

— Je ne comptais pas te dénoncer. Je refuse d'envoyer qui que ce soit en prison, peu importe ses crimes. Enfin, dans la limite du raisonnable.

— Des meurtres, c'est raisonnable ?

— Dans ton cas, je dirais que oui. Et puis, pour toi, la prison serait inutile. Elle ne t'apprendrait pas à contrôler ta colère ou à trouver des moyens plus raisonnables de protéger les autres. Elle servirait juste à foutre le problème, toi en l'occurrence, entre quatre murs plusieurs années, sans rien régler, sans proposer de suivi. Au contraire, il existe même un risque que tu ressortes encore plus énervée contre ce système, parce que tu auras plus pris que tes agresseurs.

Derrière son air irréfléchi et assez je-m'en-foutiste, se cache en fait une personne plus que douée pour analyser les autres. Et, surtout, empathique.

Une fois son explication terminée, Nika s'arrête face à un chemin bloqué par des branches et un épais feuillage. De l'autre côté se trouve un ancien skate park où les papillons se réfugient au printemps. J'y allais souvent avec Violette quand on déprimait.

Je libère Nika de mon emprise, elle se dépêche de ranger ses mains dans ses poches, l'air presque décontracté. Les derniers rayons du soleil mettent en valeur ses taches de rousseur et ses pommettes roses. Je ne devrais pas me baser sur le physique, mais elle est trop craquante pour que je lui fasse du mal.

— Tu sais, je connais tes victimes. Enfin, pas personnellement, mais je sais qui elles étaient. Ce n'étaient pas des gens bien. Des personnes contre lesquelles les plaintes n'ont jamais abouti. Des violeurs, des professeurs qui abusent de leur pouvoir, des harceleurs. Pas que les tiens d'ailleurs.

— Comment tu sais ça ?

— On trouve de tout sur Internet, même les poèmes que tu écrivais au collège. C'était super bien écrit pour une gamine, sache-le.

Silencieuse, je pose mon regard sur la rivière. Le courant emporte quelques déchets qui flottent sur l'eau, de légères vagues se brisent contre les racines des arbres aux rives.

— Sache que je ne valide pas tes actes. Même si la police pue la merde dans ton pays, ce n'est pas une raison valable pour se faire justice soi-même. Juste, au fond, je te comprends et, sincèrement, je me vois mal t'en vouloir, parce qu'en fouillant encore plus, j'ai vu que tu culpabilisais déjà assez.

— Et pourquoi on ne pourrait pas nous faire justice nous-mêmes ?

— Parce que c'est une mentalité de fasciste.

J'éclate de rire. Je ne m'attendais pas à une telle réponse et, en même temps, elle correspond bien à Nika.

— Très bien et donc, que proposes-tu face à une justice défaillante ? Il est hors de question que je laisse des violeurs se trimballer en liberté dans la ville.

— Cette discussion devient trop politique.

— Dis que tu n'as pas d'arguments.

— Cette discussion devient trop politique, répète-t-elle, un sourire au coin des lèvres. Je pense juste qu'envoyer quelqu'un en prison, sans lui proposer la moindre possibilité de réhabilitation ni aucune forme d'éducation face à ses crimes, ça ne sert à rien. C'est condamner éternellement le coupable à son rôle de coupable et la victime à son rôle de victime. C'est trop essentialisant pour être efficace.

Agacée, je lève les yeux au ciel. Au-dessus de nos têtes, le ciel s'étend à l'infini. Devenu violet clair, il s'obscurcit à chaque seconde, à présent, des étoiles osent se montrer et scintillent. Je ne sais pas jusqu'où sa mentalité bienveillante va, si elle arriverait à excuser des violeurs, par exemple.

En tout cas, il est temps qu'on rentre chacune chez nous. Sauf que c'est dangereux. Ses convictions pourraient tout à fait être un mensonge et, dès que je la laisserai partir, elle risque d'appeler la police.

— Reste chez moi tant que tu es en France, j'ordonne alors. Ce n'est pas que je n'ai pas confiance en toi, mais j'aimerais quand même avoir un regard sur toi pour vérifier que tu ne me trahis pas.

— Même question que tout à l'heure, est-ce que j'ai le

choix ? Vraiment ?

Nika se place devant moi, cachant la rivière.

— Tu gâches la vue, là.

Elle étire ses bras sur le côté et les agite dans tous les sens : elle souhaite intentionnellement la ruiner.

— Écoute, c'est parti pour la coloc d'enfer. Tant que tu ne me tues pas dans mon sommeil, je suppose que ça ira.

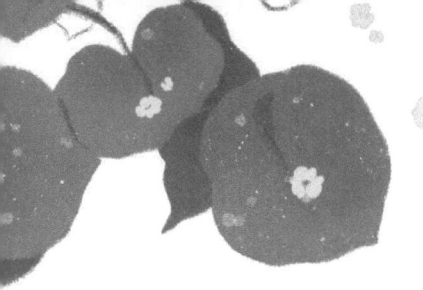

Chapitre 18

Nika

Les yeux rivés sur l'horloge collée au mur de la cuisine, j'observe les aiguilles bouger.

Le ruissellement de l'eau de la douche parvient jusqu'à mes oreilles, parfois interrompu par la voix de Lou, qui chante. Malgré la porte fermée, l'épaisseur inexistante des murs me permet d'entendre Lou dans la salle de bain, à l'autre bout de l'appartement. Par exemple, je remarque lorsqu'elle bondit hors de la baignoire, ou encore lorsqu'elle se sèche les cheveux.

Pendant ce temps, assise sur le canapé du salon-cuisine, j'attends, plongée dans un profond ennui. Plus je fixe l'horloge, moins les aiguilles bougent. Le temps se dilate quand je l'observe. OK, formulation dramatique. N'empêche, ce serait intéressant un roman avec un principe similaire, un personnage capable de voir le temps, et donc, de le manier à sa guise.

Inspirée par cette soudaine idée, j'attrape mon téléphone et ouvre l'application notes. J'y inscris le rapide scénario et l'ambiance souhaitée : le XIXe siècle correspondrait bien. Je glisse ensuite sur Pinterest à la recherche de photographies ou d'illustrations qui correspondent à ce que j'ai en tête. Je tombe face à un super dessin d'un couple, je trouve l'alchimie entre les personnages géniale. Je pourrais ajouter une histoire d'amour, ce serait agréable à lire et, surtout, à écrire.

Petite, on me disait souvent que j'avais des intérêts masculins : sport, jeux vidéo, lecture de gros romans de *dark fantasy*. Pendant longtemps, je rejetais toute forme de féminité, alors je haïssais les romances, les shojos et le rose. En primaire, je ne jouais qu'avec les garçons, au collège, je n'avais pas d'amies filles. Bien sûr, on m'a traitée de garçon manqué, expression inévitable dès qu'une meuf ne correspond pas assez aux codes assignés à son genre.

En grandissant, je ne suis pas devenue aussi féminine que Lou, ou que ce que ma mère aurait voulu. Il n'empêche que j'ai renoué avec cette part de mon identité. À présent, je ne comprends juste pas pourquoi les goûts devraient être genrés. D'ailleurs, je n'ai jamais saisi le concept de genre. Par élimination, je me dirais non-binaire, et même cette case sonne étrange.

— Tu fais quoi sur ton téléphone ?

La voix presque menaçante de Lou me ramène à la réalité. Je me retrouve à vivre – pas vraiment par choix – chez une tueuse en série qui se méfie de moi. On reste toutes les deux sur nos gardes, sans savoir qui sera la première à briser la maigre stabilité qui se maintient miraculeusement entre nous.

Afin d'éviter tout conflit, je lui montre l'écran de mon portable et les quelques notes accompagnées d'illustrations piquées sur Internet.

— J'écrivais une idée de roman, rien d'autre. T'inquiète, je ne dis à personne que je suis avec la grande méchante Lou.

Elle m'accorde un sourire plein de culpabilité. Elle se sent mal d'autant douter, surtout qu'elle remarque que, depuis le début, mes intentions à son égard restent bienveillantes.

— Désolée, je suis un peu tendue. Juste, vu qu'on aborde le thème, je peux savoir pourquoi tu essayais de découvrir mon identité ? Vu que tu ne comptais rien dire à la police, je suis assez curieuse.

— Euh, honnêtement, c'était pour faire une vidéo. Sans trop en dévoiler à ton sujet, mais quand même assez pour que ça intrigue et qu'on clique sur ma chaîne.

Je ne suis pas fière de ma réponse, parce qu'elle sonne assez égocentrique. En même temps, c'est un fait : quand je suis venue ici, c'était dans le but d'obtenir plus de visibilité, et donc un plus grand salaire. Mes revenus sont encore beaucoup trop irréguliers pour que je me contente de partager du contenu déjà vu et sans originalité.

En fait, je suis honnête.

— Ça aurait pu me compromettre, constate Lou.

— À l'époque, je m'en foutais. Plus maintenant.

— Tu dis ça parce que tu as peur de moi.

Certes. Mais pas seulement. À présent, je cerne un peu mieux qui se cache derrière La Vengeresse. Lou, une meuf paumée, avec ses émotions, joies et rêves, et aussi une certaine conscience.

Si elle avait été rationnelle, Lou m'aurait tuée : je représente un trop grand risque. Pourtant, elle refuse de faire du mal à des innocents, c'est la limite qu'elle s'est donnée. Ce n'est pas une mauvaise personne, bien que ses actes soient plus que condamnables.

— Oui, je concède donc. Je ne me sens pas franchement en sécurité. Mais aussi, je vois bien que tu n'es pas un monstre cruel et sadique. Je ne souhaite pas te causer du tort.

Pour appuyer mes propos, je me force à sourire. Mes lèvres s'étirent de manière rigide et bien trop droite, ce n'est pas du tout naturel.

— OK, ouais, c'est ça.

Bon, ma colocataire forcée ne me croit pas. J'espère que ça viendra avec le temps parce que sinon, les semaines à venir seront dures.

— Et changement de sujet complet, ça ne te gêne pas de dormir sur le canapé ?

J'y suis posée depuis un peu plus de vingt minutes et je le trouve agréable. Les nombreux coussins moelleux contribuent à ce confort.

— Tant que tu me passes une couverture, je suis d'accord ! Je déteste dormir sans rien sentir au-dessus de moi, même en été.

— T'es bizarre.

— C'est pas nouveau.

— J'ai cru avoir compris. Et du coup, ouais, je dois avoir ça.

Sur cette réponse, Lou disparaît dans sa chambre. À nouveau seule dans la pièce de vie, j'en profite pour jeter un rapide coup d'œil sur mon téléphone. Céleste me spamme de messages vocaux.

Notre discussion plus tôt dans la soirée me revient en tête.

Mon sang se glace. En tout cas, j'espère égoïstement qu'elle n'a pas découvert l'identité de La Vengeresse.

Pour en avoir le cœur net, je presse sur le bouton pour lancer l'audio et ramène mon cellulaire contre mon oreille.

— Désolée, je t'ai menti juste pour attirer ton attention, je ne sais rien à propos de La Vengeresse. Par contre, je ne serais pas contre l'idée qu'on se revoie un de ces quatre. Tu manques aux chats !

Je souris d'un air bête derrière mon écran, touchée par cette invitation. De ce que j'ai compris, Lou ne m'a pas séquestrée, j'ai le droit de me rendre en ville si je la préviens.

Je lui demanderai demain.

Pour l'heure, elle réapparaît dans le salon, un long plaid gris entre les bras.

— Ça t'ira ? me demande-t-elle.

— À la perfection. Je pars juste me laver les dents, et c'est bon.

Avant d'aller chez elle, Lou m'a raccompagnée jusqu'au Airbnb pour que je puisse y ramasser mes affaires. J'en ai profité pour envoyer un message à mon hôte et le prévenir que je partais. Il m'a assuré que je pouvais repasser le voir quand je le souhaitais, c'était gentil de sa part.

— T'as pas besoin de me dire tout ce que tu fais ici, hein. Fais comme chez toi.

Chapitre 19

Nika

Plus simple à dire qu'à faire.

Prise d'insomnie, je tourne pour la millième fois sur la longueur du canapé. Je balance quelques coussins par terre, ceux qui glissent entre mes jambes et le matelas. La lumière bleutée de la lune se faufile à travers les fins rideaux, permettant ainsi de deviner les silhouettes des plantes, des meubles de la cuisine et du salon. À s'y méprendre, on les prendrait presque pour des créatures animées qui attendent que je m'endorme pour prendre vie.

J'ai beau faire de mon mieux, le sommeil refuse de venir. Plutôt cohérent au vu de la journée que j'ai vécue. Je me retrouve logée chez l'une des tueuses en série les plus mystérieuses et dangereuses du pays, à dormir entre ses fleurs et sa grande bibliothèque.

Bien sûr, je suis terrifiée et, en même temps, je refuse de retourner au Canada, alors que ça me libérerait de sa surveillance. Je préfère rester ici, avec Lou et tout ça, pour aucune raison. Quoique, je mens : je n'ai toujours pas abandonné, ni mon projet de vidéo ni celui de changer Lou – enfin, si elle le veut. Pour la vidéo, je suis assez maligne pour parler d'elle sans donner d'indices, sans même mentionner que je l'ai rencontrée. D'accord, cet argument n'est toujours pas rationnel, mais il a le mérite d'être présent. Je préfère risquer ma vie, goûter à l'adrénaline de l'aventure, ressentir une tonne d'émotions pour une fois, plutôt que rentrer au Québec sans avoir rien accompli.

Et pourtant, j'ai beau être droite dans mes bottes, bien d'accord avec mes propres idées, je n'arrive pas à trouver le sommeil.

Dans l'espoir de me distraire, j'attrape mon cellulaire et parcours les réseaux sociaux. Je remarque avec surprise qu'un de mes TikTok dépasse mon nombre de vues habituelles, atteignant bientôt le million. Évidemment, il fallait que ce soit celui où je parle de mon orientation sexuelle et des commentaires lesbophobes que je reçois tous les jours. La plupart des gens sur Internet se montrent bienveillants, il n'empêche que je peine à ignorer ceux qui m'insultent, qui parlent de religion, du fait que je serais une « mal baisée » ou autre ânerie dans ce type.

Un grincement interrompt soudain ma lecture. Lou fait glisser la porte de sa chambre et s'aventure dans le salon en se frottant la tempe, habillée d'un ample t-shirt et d'un short.

— Putain ! s'exclame-t-elle dans un sursaut lorsqu'elle me remarque.

Je me retiens d'éclater de rire, ne souhaitant pas perdre un doigt par une forme de vengeance sadique ou je ne sais trop quoi.

— Tu m'avais oubliée ?

— Normalement, jamais personne ne dort ici. Violette dort toujours dans mon lit, c'est plus confort.

Un nouveau personnage entre en scène. Enfin, je suppose que c'était son amie du salon de thé, mais je préfère en être sûre.

— Et qui est Violette ?

— Ma meilleure amie depuis à peu près toujours, bref. J'étais venue chercher un verre d'eau, pas taper la discute.

Je hoche la tête et repose mes yeux sur l'écran du téléphone. Bien sûr, les nombreux commentaires homophobes s'enchaînent, parce que sinon, ce n'est pas drôle. Ces derniers temps, j'assume *trop* mon lesbianisme et ça semble déplaire aux hommes, déçus que toutes les femmes ne soient pas attirées par eux.

— Comment ça se fait que tu sois réveillée si tard, d'ailleurs ?

— Décalage horaire.

— Nika, t'es arrivée en France depuis plus d'une semaine.

OK, je mens aussi bien que je m'habille, c'est-à-dire lamentablement.

— Non, en vrai, j'ai du mal à me sentir à l'aise, désolée. J'ai compris que tu ne me feras pas de mal, il n'empêche que… j'angoisse, quoi.

Lou se dépêche de vider son verre, puis l'abandonne dans l'évier. La lumière de la nuit donne un reflet bleuté assez esthétique à sa peau et ses cheveux. Même en pyjama, à trois heures du matin, je la trouve d'une beauté rare.

— Moi aussi, j'ai peur que tu ne trahisses ma confiance et me dénonces, même si ce serait légitime de ta part.

— Tout comme me tuer pour t'assurer que je ne dise rien serait d'une certaine manière le plus sage pour toi.

Génial, je donne de bonnes idées. Pourtant, Lou secoue son crâne dans tous les sens.

— Viens, on se fait une promesse comme les gamines dans les soirées pyjama, chuchote-t-elle en s'approchant de moi.

Une fois au niveau du canapé, Lou se penche, plaçant son visage juste au-dessus du mieux. Mon pouls s'accélère, l'appréhension s'installe dans mes pensées. Le souffle coupé, je ne peux m'empêcher de trouver sa manière de me regarder séduisante, ce qui est plutôt déplacé.

— O… Oui ?

— On se promet de ne jamais se faire du mal ou trahir notre confiance. On fait en sorte de croire le plus possible l'une en l'autre.

— Je suis partante, mais pourquoi tu proposes ça ?

Lou détourne le regard.

— J'arrivais pas à dormir pour la même raison que toi. Si on n'arrive pas à avoir de bonnes bases pour notre relation, autant te renvoyer direct au Canada. Je ne veux pas te garder sous mon toit pour rien.

— Alors, quoi ? On devient amies alors que tu comptais me tuer il y a moins de dix heures ?

Elle soupire, son souffle chaud effleure ma peau.

— Tu as raison, je demande n'importe quoi. Désolée, je

ne comprends rien à comment fonctionnent les relations sociales. On ne peut pas devenir amies.

— Ah, parce que c'était réellement ton objectif ?

Lou fait gigoter ses doigts, je remarque avec surprise qu'elle tient la balle antistress cookie que je lui ai offerte la semaine passée. Elle angoisse. Ouais, elle n'est *vraiment* pas douée en relations sociales. En même temps, elle n'a qu'une amie : Violette et, de ce que j'ai vu, sa vie est rythmée par la solitude, alors, ce n'est pas étonnant qu'elle ne comprenne rien aux codes de l'amitié.

Et surtout, si on le devient, ça m'apportera une certaine sécurité sur le fait qu'elle ne me tuera pas. Surtout par instinct de survie, mais aussi, parce qu'au fond, je ne la déteste pas, j'ajoute :

— Tu sais quoi, Lou ? Je suis partante, je n'ai pas d'amis non plus. Alors, on retourne dormir ?

Chapitre 20

Lou

La lumière passe à travers les volets de la chambre, elle me caresse la joue avec tendresse. Lentement, elle m'arrache de mes quelques rêves. Enfin, je suppose qu'il s'agissait de rêves, puisque je me souviens de tous mes cauchemars.

Heureuse d'avoir enfin connu un bon sommeil après un début pourtant compliqué, je bondis hors du lit avec autant d'impatience qu'un enfant un jour de Pâques. Je fais glisser la porte du placard sur le côté, j'en sors un short kaki et un t-shirt noir, assez basiques. J'enfile vite les vêtements et me dépêche de rejoindre Nika dans le salon. Je ne l'ai pas entendue se réveiller, mais je suppose que l'intense soleil l'a déjà arrachée à ses rêves.

Je constate qu'elle fixe son téléphone, allongée sur le canapé. Une paire d'écouteurs enfoncés dans ses oreilles, je devine qu'elle regarde une vidéo, alors je ne l'interromps pas. J'avance donc jusqu'à la cuisine, où je glisse une tasse sous la cafetière. Enfin, Nika lève la tête et m'adresse la parole.

— Coucou ! T'as bien dormi ?
— Pas besoin de mettre les formes, je sais que tu veux un café.

— Certes… Quand même, tu vas bien ?

Son attention a beau me toucher, je lui tourne le dos. Parfois, mon stupide ego entre en jeu, et aujourd'hui en est un bon exemple. Si je montre trop à quel point je suis sensible à ses petites actions, elle pourrait les utiliser pour me manipuler ou me faire du mal.

Je suis un poil parano, mais au vu de ma vie, je n'ai pas le choix. Rien ne me garantit que cette femme ne compte pas trahir ma confiance à un moment ou à un autre.

— Et toi, le canapé était agréable ?

— Honnêtement, pas folichon. J'aimerais bien avoir droit à un vrai lit la prochaine fois.

Comme je lui ai expliqué lors de notre discussion nocturne, seule Violette a le droit de dormir avec moi, dans mon lit. Toute autre personne que je ne peux pas surveiller est susceptible de me faire du mal. Il faudrait d'ailleurs que je la prévienne de ma décision d'épargner la vie de Nika, même si elle risque d'un peu m'en vouloir. Je préfère alors retarder la confrontation et me concentrer sur le présent.

Je fais bien, puisque le café déborde presque de la tasse. J'avale deux petites gorgées pour éviter qu'il ne s'échappe et, me rappelant des quelques règles de politesse, je sers d'abord mon invitée. Je tends le mug à Nika, qui me remercie par un sourire radieux, si beau que je sens mon cœur s'engourdir.

— Merci ! J'en avais besoin, m'assure-t-elle. J'ai bientôt fini le roman que j'écrivais et j'ai déjà une idée pour un prochain, alors faut que je me dépêche.

Hier, avant de dormir, j'ai visionné une bonne partie de

ses vidéos. J'ai d'abord remarqué qu'elle n'avait pas la même personnalité en ligne et dans le vrai monde, ce qui m'a amusée. Sur Internet, elle se donne un air de *nerd* incapable de parler aux inconnus. Alors, bien que Nika ne soit pas la personne la plus sociable de la Terre, je trouve qu'elle s'en sort bien.

Ensuite, j'ai un peu mieux cerné le personnage : contrairement aux autres vidéastes *true crime*, qui racontent des histoires autour d'assassins sordides et immoraux, Nika fait en sorte de montrer l'humanité des criminels. Elle a beau condamner les actes à chaque fois, elle présente la chose d'une manière presque indulgente et bienveillante. Une sorte de « ce qui est arrivé est arrivé à cause de ta vie et de la société autour de nous, non pas parce que tu es une mauvaise personne ». Enfin, elle relativise tout de même ses propos, consciente que le monde n'est pas toujours tout rose, qu'un bon nombre de tueurs profitent des discriminations bien ancrées dans notre société pour perpétrer leurs crimes.

J'ai trouvé sa mentalité admirable.

Sur ses dernières vidéos et sur Instagram, elle montre des facettes d'elle un peu plus proches de la réalité. Dont, entre autres, sa passion pour l'écriture.

— Tu parles de ta fantasy ? T'avais dit que t'avais un gros blocage dessus, c'est réglé ?

— Tu m'as *stalkée* ?

— Bien sûr ! Je me renseigne sur les gens que j'héberge.

Nika croise les bras et me fixe d'un air amusé, pas franchement surprise.

— Bref, ouais, concède-t-elle. J'aimerais la terminer vite

pour me lancer dans la réécriture et après, qui sait, l'envoyer à des éditeurs.

Des étoiles dans les yeux, elle parle de sa véritable passion, de ce qui la motive réellement. Pour elle, les réseaux sociaux, c'est arrivé presque par hasard, alors que l'écriture, ça a toujours été ancré en elle. Ça aussi, je le tiens d'une de ses vidéos.

— Mais vu ta communauté, ça doit être simple de trouver des éditeurs, non ?

— Pour être honnête, j'en sais rien. Si ce que j'écris pue vraiment la merde, abonnés ou non, les éditeurs ne le prendront pas. Enfin, j'espère pour eux.

— Mouais, quand on voit certains livres, on pourrait se demander s'ils s'intéressent à la qualité.

Ce commentaire amuse Nika, puisqu'elle me cite plusieurs romans, tous réputés pour leur mauvaise qualité. Je les connais, alors on s'en moque une bonne dizaine de minutes.

Au moins, nous avons les mêmes goûts en lecture. Je me raccroche à cette complicité pour poursuivre la conversation, tandis que Nika boit silencieusement le café. Je lui conseille quelques livres et des romans graphiques. Parfois, elle hoche la tête, de quoi m'assurer qu'elle m'écoute.

Malgré sa bonne volonté, je sens que la sociabilité de Nika s'essouffle. Je m'efforce de blaguer sur des lectures moins bonnes jusqu'à ce qu'un constat étrange me percute.

Ce n'est pas moi. Jamais je ne me suis forcée à parler à quelqu'un. Jamais je n'ai été plus sociable qu'une autre personne.

Cette réalisation étrange me perturbe assez pour que je me taise. À la place, je retourne à ma préparation de café. Pendant que la machine remplit mon mug à motifs de fleurs, offert par Violette, j'ouvre le frigo et y pique une brique de lait.

Je ne suis pas une vraie adulte, j'aime mes matchas et cafés avec une tonne de sucre et de lait pour adoucir le goût. J'en bois des purs les jours où je travaille tôt, ou encore quand j'ai besoin d'énergie pour affronter la vie.

— Ça me fait penser que faudrait que je passe en librairie un de ces jours. Les livres coûtent super cher au Québec, alors autant faire mon petit stock.

Ça y est, Nika a rechargé les piles.

— Mardi, je ne travaille pas. Si tu veux, on pourra y passer !

Là encore, le visage de Nika s'illumine. L'impatience l'envahit, presque autant que lorsqu'elle me parle des possibles soumissions auprès des éditeurs.

— En plus, faut que je m'achète quelques BD, je complète.

— Justement, j'ai vu que t'avais un style de dessin qui fait très... bande dessinée, je sais pas si tu vois ce que je veux dire.

Ma manière de dessiner peut s'apparenter à ce qu'on retrouve dans certaines bandes dessinées de science-fiction, précisément car mon rêve serait d'en illustrer une. Enfin bon, sans contacts ni école d'art à mon actif, je me vois mal le réaliser.

— Ouais, c'est fait exprès. J'aimerais dessiner une BD un

jour, mais mes idées de scénario ne tiennent jamais la route.

Nika avale quelques gorgées avant de répondre. Pourtant, je ne comble pas le silence, je devine à sa manière de me regarder qu'elle souhaite ajouter quelque chose.

— Et si on créait une BD ensemble ? s'exclame-t-elle enfin. Je fais l'histoire, toi, les dessins, et on partage les droits d'auteur. Ce serait génial, et comme ça, on pourrait avoir plus confiance en nous ! Enfin, entre nous, mais t'as compris.

Ça, c'est bien une proposition d'artistes queers qui se connaissent depuis une semaine. Et pourtant, cette offre m'enchante plus que je ne le laisse paraître. Créer quelque chose ensemble serait fantastique et, surtout, me donnerait une excuse pour passer plus de temps en sa compagnie.

En même temps, elle n'aide pas : discuter avec elle est d'une simplicité perturbante. La preuve, je deviens même sociable. Je suppose que le fait qu'elle connaisse toutes mes facettes, mais souhaite quand même qu'on crée une œuvre à deux, aide à ce que je me sente à l'aise.

Elle pourrait appeler la police ou juste fuir dans une autre ville de France et pourtant, elle reste là, à mes côtés.

Peut-être que je me berce d'illusions, cependant, je ne me suis jamais sentie aussi bien en compagnie d'une personne.

Autre que Violette, bien sûr.

— Oui, ce serait génial de créer quelque chose avec toi.
— Alors, profitons de notre dimanche pour réfléchir à une super idée d'histoire !

Chapitre 21

Nika

Qui aurait pu dire que vivre plusieurs jours chez une meurtrière serait si paisible ?

Quand elle part au boulot, je me retrouve seule à l'appartement, ce qui me laisse le temps de me lancer dans une tonne d'activités plus ou moins importantes. J'écris pas mal, d'autres fois, je m'improvise femme au foyer et prépare des repas pour Lou. De cette manière, elle ne se fatigue pas et, surtout, je grimpe dans son estime.

Hier, j'ai même endossé mon rôle de pâtissière amatrice, c'est moi qui ai cuisiné une tarte au sucre. Cet acte l'a touchée car, même si elle a refusé d'y goûter, elle souriait comme je ne l'ai jamais vu faire. Elle paraissait si heureuse que, l'espace de quelques secondes, je me suis demandé si elle ne s'apprêtait pas à pleurer. Pendant que je dégustais ma propre création, on a réfléchi à notre projet de bande dessinée.

Aujourd'hui, on a même prévu de passer en librairie, et je meurs d'impatience.

Ce n'est pas ma première sortie depuis que Lou m'a imposé de devenir sa coloc. Je me suis baladée au bord de la rivière, j'ai aussi bu des milk-shakes au salon de thé. Par contre, nous n'avons pas trouvé le temps de sortir à deux. Le travail de Lou l'épuise tant que, lorsqu'elle rentre, elle mange à peine et s'enferme dans sa chambre pour dormir. Peut-être que je me fais des idées, mais son rapport à la nourriture me laisse plutôt perplexe, je me demande si elle ne cache pas des troubles du comportement alimentaire.

En tout cas, depuis que je dors sous son toit, j'ai eu une infinité d'occasions de fuir. Je reste simplement parce que je ne perds pas de vue la vidéo. Passer plusieurs semaines chez elle me permettra d'assez la connaître pour la décrire de la manière la plus valorisante possible. Du moins, je l'espère.

Tout ça pour en venir au fait que j'attendais avec impatience d'enfin passer un après-midi avec elle. En fait, j'apprécie sa présence. Une légère gêne persiste entre nous, mais on se ressemble assez pour s'apprécier.

J'ai même prétexté un manque de disponibilité auprès de Céleste, qui voulait que l'on tourne une seconde vidéo aujourd'hui.

Sous la douche, je fais mousser tout mon corps et mes cheveux. Je profite de l'eau pour me rafraîchir une dernière fois avant d'affronter la chaleur de l'extérieur. Cette semaine, des pics à quarante degrés achèveront à nouveau de tuer toute envie de sortir, alors, autant profiter tant que l'environnement reste vivable.

— Nika, t'as bientôt fini ? hurle Lou de l'autre côté de la porte.

— Attends, je me fais belle pour toi !

Elle m'insulte, j'éclate de rire. Quand je la sens de bonne

humeur, je m'amuse à lancer des avances auxquelles elle n'est jamais réceptive. Je le fais pour rire, un peu aussi dans l'espoir de reproduire la matinée de notre rencontre.

Enfin, cette dernière pensée, je ne l'assume pas trop.

— Faudrait faire de la chirurgie pour que tu sois à mon goût, riposte-t-elle.

Même pas besoin de voir son visage pour savoir qu'elle est fière de sa répartie. Je décide d'être plus mature qu'elle et d'ignorer ses provocations. À la place, je sors enfin de la baignoire. J'enroule la serviette autour de mon corps et me sèche, prenant le plus de soin – et de temps – possible.

Lou a déjà vu ma sale tête au réveil, le soir quand je suis trop fatiguée ou encore quand je me concentre sur l'écriture. Autrement dit, elle me connaît au naturel. Je saute alors l'étape du maquillage sur mon acné et m'habille juste. Mes chaussettes collent à ma peau encore humide, j'hésite quelques secondes à sortir pieds nus et à puer dans mes chaussures.

— Nika, grouille-toi !

J'obéis, je la rejoins dans le salon. Les yeux rivés sur son téléphone, elle pianote sur l'écran, je devine qu'elle discute avec quelqu'un. Peut-être Violette, sûrement Violette, en fait. Je ne l'ai jamais entendue mentionner qui que ce soit d'autre, son amie est la seule personne proche d'elle. Ce constat m'attriste, car il représente une profonde solitude.

Je commence à comprendre pourquoi Lou a désiré que je reste chez elle. Sans ma présence, sa vie est d'un ennui terrible.

— Bon, on sort ? je m'exclame, impatiente à l'idée de me rendre en librairie et, aussi, d'effacer ce triste constat.

— Je t'attends depuis vingt minutes ! réplique Lou.
— C'est moi qui t'attends, là. Allez, hop, debout !

Lou lève les yeux. Elle s'est maquillée, juste un peu, ce qui rend son visage encore plus magnifique qu'à l'accoutumée. Je déduis que son liner et ses faux cils y sont pour quelque chose.

— Putain, t'es la meuf la plus impatiente que je connaisse !

Son irritation efface une partie de sa beauté.

— Je ne sais pas à quelle heure ils ouvrent, mais vas-y, on peut sortir, poursuit-elle.

Heureuse comme un enfant à qui on vient de promettre des bonbons, je lâche un petit cri de joie. Ce n'est pas bien charismatique, ce qui m'importe peu, toutefois, ça amuse Lou. Tout sourire, elle attrape son *tote bag* et ouvre l'entrée, dévoilant la cage d'escalier. Une fois à l'extérieur, elle claque si fort la porte que j'en sursaute.

— Pourquoi ? je soupire.
— Honnêtement, pour faire chier le voisin du dessous.

J'éclate de rire. Ce genre de réponse correspond parfaitement à Lou. Sans ajouter de commentaires, car je pars du principe qu'il a dû être assez insupportable pour qu'elle se livre à de telles gamineries, je descends l'escalier. On atteint vite la petite cour intérieure, puis la vieille rue mal en point, dont le sol déborde de trous non recouverts et de gravier. Elle s'avance au milieu de celle-ci, sans se soucier des voitures qui pourraient y rouler. Elle s'amuse même à étirer ses bras d'un bout à l'autre de la rue, ce qui a le mérite d'agacer un piéton derrière nous. J'attrape donc sa main gauche et la fais descendre délicatement. Le passant me remercie d'un hochement de tête tandis que Lou lâche un soupir. Dans l'espoir de la calmer, aussi de me faire plaisir, je décide de ne pas lâcher ses doigts.

De cette manière, on avance main dans la main jusqu'à la librairie. La devanture colorée, recouverte de dessins et de posters, attire toute mon attention. Je libère Lou de mon emprise et m'y précipite. À l'aide de mon épaule, je pousse la légère porte en verre et découvre le commerce ainsi que les quelques rayons qu'il propose. Presque par instinct, je m'avance vers celui dédié aux textes pour les jeunes adultes, assumant sans honte mes goûts.

J'aime lire pour m'évader, me changer les idées et profiter. La lecture est avant tout un plaisir, pas nécessairement quelque chose pour se prendre la tête.

Parfois, j'apprécie les livres aux thèmes plus sérieux et j'achète quelques textes au rayon adulte. Parfois. La plupart du temps, une romance simple et à la fin heureuse, ou encore une fantasy sur des rivaux centenaires qui s'affrontent, ça me suffit.

Je me penche face à une étagère décorée de quelques *goodies* et lis les noms sur les dos des livres. Derrière, j'entends Lou qui me rejoint enfin. Elle salue la libraire, je déduis qu'elles se connaissent, que Lou est une cliente régulière. Touchée par les liens qu'on peut créer dans ce genre de lieux, je me dis que si j'arrête YouTube, j'aimerais bien me lancer dans des études pour devenir bibliothécaire ou libraire. Je parle anglais, je pourrais peut-être déménager ailleurs pour me lancer dans une nouvelle vie. Ce serait un bon plan.

Pour l'heure, je continue mes vidéos.

— Bonjour, vous cherchez un livre en particulier ?

Une jeune libraire d'environ mon âge m'aborde, l'air heureuse de rencontrer une nouvelle cliente.

— Pas spécialement, je regarde un peu ce qu'il y a. C'est quoi les parutions plus récentes que vous avez en *young adult* ? Les romans arrivent toujours avec dix mille mois de retard au Québec.

— Ah, vous êtes québécoise ! Je me disais bien avec l'accent, mais je n'étais pas si sûre.

Pourquoi les gens se sentent-ils obligés de mentionner mon accent à chaque nouvelle interaction ? Je sais que c'est original, encore plus dans ce coin perdu de la France, mais ça commence à devenir un poil redondant.

— Bref, du coup, on a quelques parutions récentes à vous proposer.

La libraire glisse ses fins doigts sur les dos des livres. Elle en attrape quelques-uns, qu'elle cale entre ses bras avant de me les présenter. Malgré sa voix enjouée, je n'écoute qu'à moitié. Je me concentre sur Lou, qui s'aventure au fond du commerce, dans le rayon des essais, si je me fie aux couvertures bien plus fades et sérieuses.

— Et enfin, on a le dernier roman de Lucie No…

— Je prendrai celui-là, j'interromps.

Un sourire étire les lèvres de la libraire. Je connais l'autrice de nom. Je l'ai déjà vue passer sur les réseaux sociaux et pour être honnête, ses autres livres ne m'ont jamais tentée. Ses premiers textes n'abordaient pas de sujets qui m'intéressaient, ce qui n'est pas le cas du dernier publié, une romance autour de la précarité étudiante. La société estime que les étudiants ne méritent pas de bons revenus, que leurs études sont presque des caprices, donc on refuse d'augmenter leurs aides. Ce qui est étrange, parce qu'en même temps, on ne peut pas accéder à une bonne partie des métiers sans études.

Enfin, non, ce n'est pas étrange, c'est juste du tri social.

— Eh bien, on va faire ça ! lance alors la libraire. Vous voulez quelque chose d'autre ?

— Non ! Je pars juste rejoindre mon amie au fond du magasin.

Elle se décale pour me laisser passer. Je traverse alors le rayon consacré aux mangas et aux bandes dessinées, quelques-unes attirent mon attention, sans que je m'y attarde pour autant. Je m'arrête juste derrière Lou et, sans oser l'aborder, je reste plantée plusieurs longues secondes. Une agréable odeur de fleurs émane de ses cheveux parfaitement lisses. En réalité, Lou sent tout le temps bon, que ce soient ses vêtements, son appartement ou, bien sûr, ses plantes, tous dégagent une senteur délicieuse et unique, comme si Lou était la seule capable de la créer.

— T'es trop timide pour me parler ? me taquine-t-elle d'ailleurs lorsqu'elle remarque ma présence.

— Qui sait, peut-être que tu m'impressionnes.

— Ouais, ça doit être ça.

Sans me demander mon avis, elle me confie un livre.

— Regarde, je pense prendre celui-là. C'est un guide pour moins polluer sur Internet vu que notre présence en ligne impacte aussi la planète.

Mon regard se pose sur la couverture verte au centre de laquelle des illustrations d'ordinateurs et de téléphones laissent assez de place pour le titre.

— Je commence à croire que peu importe ce qu'on fait, ça pollue la Terre.

— Littéralement, même nos pets produisent du CO_2.

— Bah purée, si on ne peut même plus péter, comment on va s'en sortir ?

Lou éclate de rire, je l'imite.

— Allez, on va en caisse, s'exclame-t-elle en claquant ses mains entre elles.

— Et lâcher une caisse…

— Pitié, ta gueule.

— Désolée, mais c'était dans le thème !

— Tout n'est pas bon à dire ! T'sais quoi ? Je t'achète ton livre si tu me promets d'arrêter ces blagues.

Je pose mes yeux sur l'étiquette, elle indique dix-neuf euros.

— Marché conclu.

Lou m'arrache le roman d'entre les mains et rejoint la libraire, assise derrière un ordinateur. Elles s'échangent quelques politesses tandis que je m'approche de la sortie, consciente que négocier pour payer moi-même ce livre ne servirait à rien. De ce que j'ai vu, Lou exprime peu son attachement, elle n'y arrive qu'à travers les cadeaux : pour

Violette, les gâteaux. Pour moi, m'acheter un peu tout ce qui attire mon attention plus de cinq secondes.

Alors que je pose ma main sur la poignée de la porte, je reconnais mon prénom derrière moi. Intriguée par ce qu'elles peuvent dire à mon propos, je fais semblant de lacer mes chaussures pour rester à l'intérieur.

— En tant que fille aux standards très hauts, puisque je n'aime que les mecs et meufs fictifs de roman, je peux t'assurer qu'elle est pas mal du tout ! s'exclame la libraire.

— Amélie... Je ne suis pas venue pour des conseils en amour.

— Je dis juste qu'elle te regardait d'une manière si... adorable. En plus, elle achète les romans de Lucie Nombert, c'est la femme idéale, insiste Amélie.

— Oui, elle est mims, j'suis d'accord. Juste, c'est un peu compliqué, là. Et puis, on se connaît depuis dix jours.

— J'ai déjà rencontré des lesbiennes qui ont emménagé ensemble alors qu'elles se connaissaient depuis deux semaines ! Et d'autres qui se sont mariées en un an !

J'en ai assez entendu. Si je reste trop longtemps immobile, elles se douteront que j'écoute leur échange. Je quitte le commerce et affronte la chaleur de plein fouet. Elle colle à ma peau, à mes cheveux et même à mes vêtements. Dégoulinant de sueur, je me réfugie à l'ombre d'un arbre et attends le retour de Lou.

Loin d'elle, je me pose pour réfléchir à ce qu'a dit la libraire. Est-ce qu'Amélie dit vrai ? Je ne pense pas avoir regardé Lou d'une manière étrange, du moins, ce n'était pas mon intention. Dès le début, je l'ai trouvée belle, autrement, je ne l'aurais jamais embrassée, mais mon attirance pour elle s'arrête là. Enfin, je pense. Je ne sais pas, je suis perdue.

Ai-je le droit d'être attirée par une tueuse en série ?

C'est mal. J'ai l'impression de devenir comme ces fanatiques sur TikTok qui vénèrent Yuka Takaoka[4] juste parce qu'elle est jolie.

Enfin, Lou n'est pas une fille jalouse ou violente dans sa vie de tous les jours. Lou est quelqu'un de bien. Donc, après tout, peut-être que c'était une sorte d'acte manqué.

Sur cette conclusion, Lou se décide enfin à quitter la librairie.

— En fait, c'est quoi ton bouquin ?

— Une romance sur la précarité étudiante. Ça doit être un thème qui te touche, non ? j'ose parier.

— Pas spécialement, dans le sens où je n'ai jamais été étudiante. Mais je vivais déjà seule au lycée alors ouais, je sais un peu ce que ça fait d'aller en cours après avoir sauté des repas.

Malgré sa voix qu'elle souhaite neutre, le visage de Lou s'assombrit. Pourtant, je sens qu'aborder le sujet lui ferait du bien, alors j'insiste.

---

[4] Yuka Takaoka est une Japonaise connue pour avoir poignardé son petit ami avec un couteau de cuisine dans leur appartement en mai 2019. Elle a été reconnue coupable de tentative de meurtre en décembre 2019 et condamnée à 3 ans de prison. Les gens la considèrent comme une vraie *yandere* et l'apprécient parce qu'ils la trouvent belle.

— Et est-ce que je peux savoir pourquoi tu vivais seule si tôt ?
— Tu sais, il y a des choses qu'on préfère garder pour nous dans l'espoir de les oublier.

Amour

Lou savait déjà que son coming out achèverait toute possibilité de relation heureuse avec ses parents. Pourtant, elle n'a pas hésité. Lorsqu'elle a décidé qu'elle ne voudrait plus avoir de relation avec des hommes, elle l'a annoncé à ses parents. Elle y a mis les formes, elle n'a jamais parlé de choix, elle a même invoqué la biologie, parce que certains disent que l'homosexualité viendrait de là. Lou n'y croit pas, pour elle, l'orientation sexuelle est autant un hasard que les organes génitaux. Certains s'en sortent mieux que d'autres à ce jeu, ce qui n'est pas son cas.

Ses parents lui ont dit qu'elle mentait pour l'attention. Que ça passerait en grandissant. Sa mère a dit qu'elle aussi, elle pensait avoir aimé une de ses amies, puis que c'était passé lorsqu'elle avait rencontré son père.

Pour la première fois de sa vie, Lou s'est sentie mal pour elle. Souvent, elle oublie que les personnes autour d'elle aussi ont vécu, eu une jeunesse, refoulé des émotions. Dans le cas de sa mère, qu'elle a sans doute subi la comphet[5] de plein fouet.

---

[5] La « comphet » désigne la pression sociale qui pousse les femmes à se percevoir comme hétérosexuelles et à adopter des relations hétérosexuelles, même si leur véritable orientation sexuelle pourrait être différente.

Ce passé ne l'empêche pourtant pas d'être homophobe. Pourtant, ça reste moins pire que son père. Il lui assure qu'elle ne fait qu'aggraver son cas, qu'elle fait exprès de dire ça pour qu'il la déteste.

« Tu sais quoi, tu commences à y arriver. »

Lou s'en fout, elle le savait déjà. En réalité, il a presque raison. Elle cherche juste un prétexte, une crise assez grave pour enfin fuguer.

« Tu finiras par rencontrer le bon homme. »

Non, ça, jamais.

« Ce qu'on essaye de te dire, c'est que tu ne peux pas être lesbienne. »

Au moins, ça a le mérite d'être clair. C'est suffisant pour qu'elle les insulte, ce à quoi son père répond par une gifle. Cette fois, elle ne riposte pas, consciente qu'autrement, la situation échappera à son contrôle. À ce moment, Lou n'a pas encore tué, elle se sent faible face à un homme de la cinquantaine qui la dépasse de vingt centimètres.

Elle se contente de tourner le dos à ses parents, étonnée que sa mère ne lui répète pas que ça passera. Elle s'enfonce dans sa chambre d'adolescente et fixe son sac à dos déjà préparé. Elle compte se réfugier chez Violette le temps de trouver un travail pour se payer son propre appartement.

Ce sera une période dure, Lou en est consciente, mais elle n'en peut plus de se sentir oppressée sous son propre toit. En réalité, la lesbophobie est l'une des choses les plus supportables de la part de ses parents, parce qu'elle était prévisible. Au fond, ce que Lou ne supporte plus, c'est que sa mère fouille quotidiennement sa chambre, qu'elle lise tous ses messages sur son téléphone, qu'elle ne lui laisse aucune intimité. C'est aussi que son père l'oblige à faire toutes les tâches du quotidien, à cuisiner pour lui, qu'il la sexualise dès qu'elle s'habille *trop court*, qu'il dise qu'elle n'est pas attirante quand elle prend du poids, qu'il exprime sa colère contre elle.

Pour certains, tout ça, ce n'est rien. Lou dramatise, Lou est fragile, Lou pourrait attendre sa majorité avant de partir.

Pour Lou, c'est déjà trop. Violette, et même ses parents, lui propose de l'aide ; ils lui donnent l'opportunité d'enfin partir de cet endroit, alors elle la saisit.

Pendant plusieurs mois, les deux filles vivront ensemble, et les parents de Violette s'occuperont d'elle comme de leur propre enfant. Au fond, ce sont eux, sa véritable famille.

Chapitre 22

Lou

Je fixe mon assiette à moitié vide, Nika se propose de la terminer. Je la fais glisser jusqu'à elle, qui l'attrape et la dévore. Elle enfonce sa fourchette dans le riz mélangé au thon et profite de ce repas d'une simplicité déprimante comme s'il s'agissait d'un dîner de luxe. Sa capacité à se satisfaire de tout m'impressionne à chaque fois.

J'aimerais lui ressembler, être aussi heureuse de tout.

— T'as passé une bonne journée au boulot aujourd'hui ? demande-t-elle entre quelques bouchées.

On dirait une discussion de couple. En fait, notre relation y ressemble un peu trop. Nika s'occupe de mon appart, moi, je travaille, et parfois, elle tourne une vidéo. On s'est adaptées trop vite, trop bien, à vivre ensemble. Aussi, je suppose, elle profite du fait d'être hébergée sans avoir à payer quoi que ce soit.

— Ça va… Quoique, bof, en fait. J'en ai marre de faire semblant d'être agréable et de bonne humeur auprès de tous les clients, du coup, à la fin de la journée, j'étais super aigrie, du coup, mon manager m'a engueulée, du coup, j'ai peur qu'il me vire.

Elle m'écoute me plaindre de ma journée, l'air presque amusée. Son visage s'illumine, ses lèvres s'étirent. À chaque fois qu'elle se trouve en ma compagnie, elle sourit, comme si ma présence lui plaisait. Ça en devient agaçant, puisqu'au fond de moi, j'ai du mal à croire en son honnêteté. À travers ses gestes, elle prouve qu'elle m'apprécie, et pourtant, je refuse d'y croire. Ce serait trop beau. De la manipulation et de la trahison se cachent forcément quelque part.

Je ne suis qu'un monstre qui ne mérite l'attachement de personne, à part celui de Violette.

— Du coup, lance-t-elle lorsque j'achève mon monologue.

— Quoi ?

— Tu dis beaucoup « du coup », c'est drôle.

— Ah, ouais, peut-être. Vous le dites pas au Québec ?

Puisqu'elle avale une gorgée d'eau, elle se contente de secouer la tête pour répondre.

— C'est drôle. En France, c'est un tic de langage qui envahit les bouches de tout le monde.

— Ouais, j'avais remarqué. Je trouve ça assez drôle. Enfin, je ne sais pas si c'est vraiment le bon mot, mais j'aime ces petits décalages culturels. Je trouve que ça fait très humain, je ne sais pas si tu vois ce que tu veux dire.

— Non, je ne vois pas du tout.

Nika lève les yeux au ciel. Elle fixe le plafond blanc, je devine qu'elle aperçoit l'étrange tache noire à côté du luminaire, car elle fronce les sourcils.

— Faudrait nettoyer, constate-t-elle.

— Fais-le-toi, choupette.

— Je préfère m'improviser sociologue et me fasciner pour les différences culturelles.

— Trouve-toi un vrai taf, je taquine.

— Je gagne mieux ma vie que toi.

— Alors, pourquoi c'est moi qui te paye tout ?

Ses joues s'empourprent. Elle tourne la tête dans l'espoir que je ne le remarque pas, ce qui est un échec.

— Merci… souffle-t-elle, toujours sans me regarder. Enfin, de manière plus sérieuse, ça me fait vraiment très plaisir. Je n'ai pas beaucoup de proches, et ils ne me font jamais de cadeaux. Alors, merci pour ces petites attentions.

Son ton de voix lent, presque inaudible, me fait de la peine. Elle parle comme si elle craignait que se confier trop fort attire l'attention de toute la ville. Touchée par cette fragilité qu'elle ose me montrer, je passe ma main sur la sienne. Je glisse mes doigts entre les siens, elle ne se décale pas.

En réalité, Nika ne me repousse jamais. Elle connaît mes pires facettes et pourtant, elle accepte le contact physique. Encore une preuve qu'elle m'apprécie, même si mon cerveau refuse de l'accepter.

— Ce ne sont pas les cadeaux en eux-mêmes qui te font plaisir, mais l'intention derrière, non ? je questionne.

Heureuse que je la comprenne, elle hoche la tête. Nika est craquante à sourire de cette manière. J'ai envie de me lever et de pincer ses petites joues rebondies.

— Eh bien, tous les mois, je t'offrirai un cadeau, je réponds à la place.

Cette promesse sonne bien plus formelle que prévu. Au fond de moi, je sais que je ferai mon maximum pour la respecter, même quand nos chemins se sépareront – parce que ça arrivera, j'en suis sûre.

— Si c'est comme ça, moi aussi je t'en ferai !

— Par contre, je ne mens pas. Je respecte toutes mes promesses. J'ai juré à Violette de la venger des gens qui lui ont fait du mal et je les ai butés.

Le visage de Nika s'assombrit. Je constate que, pour une personne normale, cette déclaration n'est pas une preuve d'affection, mais plutôt de dangerosité.

— L'intention est mignonne, juste, évite de tuer des gens pour moi, c'est flippant.

— C'est juste pour te prouver que je tiens à toi.

Ma défense laisse à désirer, j'en suis consciente.

— Tu n'as pas besoin de faire du mal aux autres pour prouver que tu m'apprécies. Quand tu prépares des desserts à Violette, c'est tout aussi efficace !

Je me force à sourire sans être convaincue par les propos de Nika. Violette adore mes pâtisseries, ce qui ne l'a pas empêchée de m'envoyer tuer des gens pour elle. En fait, elle se cache derrière tous mes meurtres. À chaque fois, elle a nommé et choisi mes victimes, puis m'a présenté les arguments censés me convaincre de me débarrasser d'eux.

Putain.

Depuis des années, elle m'ordonne de tuer des personnes. À force, j'ai appris à m'imposer, à refuser, cependant, c'est elle qui m'a lancée dans ces massacres.

Elle est le cerveau, je fais juste le sale boulot.

J'en étais déjà consciente mais, pour la première fois, je réalise la chose de cette manière.

Je me décompose sur place. Des larmes s'accumulent au coin de mes yeux, mes mains tremblent. Cette fois, ce n'est pas une crise d'angoisse, juste de... déception.

— Ça va ? s'inquiète Nika.

— O... oui. Il faudrait juste que je passe chez Violette demain pour régler deux ou trois petits trucs.

— Rien de grave ?

— Rien, promis.

Elle n'insiste pas plus, bien qu'elle ne semble pas convaincue. Elle recule sa chaise, ramasse les assiettes et couverts et les dépose dans l'évier. Une fois dans la cuisine, elle en profite pour arroser une plante abandonnée près du frigo.

— Ça te dit qu'on se regarde un film ce soir ? propose-t-elle.

— Je ne suis pas contre, mais je n'ai pas d'idée.

— Moi non plus... Je comptais sur toi.

J'éclate de rire. J'adore la tendance de Nika à ne pas réfléchir. À chaque fois, elle propose des choses, se lance dans des aventures, sans se poser des questions. À quoi bon ? Après tout, les doutes ne servent qu'à nous angoisser, puis à nous paralyser.

Je saisis les verres restés sur la table et les abandonne à mon tour dans l'évier, trop paresseuse pour les laver maintenant. Elle s'en charge à ma place, ce qui me soulage de la fatigue accumulée lors d'une journée de travail.

En cinq jours, la présence de Nika m'a déjà changée. Je me permets d'être un peu moins maniaque, de m'accorder du repos quand j'en ai besoin et de reléguer les tâches, ce que je haïssais avant.

— Je t'attends dans ma chambre !
— OK, je termine ça et je te rejoins. Lance Netflix sur mon ordi ! Le mot de passe, c'est mon année de naissance.

Encore une preuve de confiance.

Les commentaires d'Amélie me reviennent en tête. Au fond, j'aimerais qu'elle ait raison, que Nika s'intéresse romantiquement, ou même physiquement, à moi.

Je veux qu'elle me câline, qu'elle m'embrasse comme la première fois, avant qu'elle ne découvre mon identité. Sur ce début de désir, je m'enfonce dans ma chambre.

Chapitre 23

Nika

Je me dépêche de rejoindre Lou dans sa chambre. Malgré la porte entrouverte, je comprends que je n'y suis pas encore invitée, puisqu'elle se change. Je lui tourne en vitesse le dos, espérant qu'elle n'ait pas senti ma présence. J'aimerais éviter de passer pour une perverse un peu étrange qui l'espionne lorsqu'elle est en sous-vêtements.

— J'sais que t'es là, s'écrie-t-elle malgré mes efforts.
— Promis, ce n'est pas ce que tu crois, je riposte.
— Ça aussi, je le sais. Je commence à bien te connaître, t'inquiète.

Comme je suis soulagée qu'elle ne se fasse pas de fausses idées à mon propos, mon corps se détend. Je refuse qu'elle ait une mauvaise image de moi. En réalité, ça vient surtout du fait qu'en cours, j'étais déjà *out* et qu'en sport, les filles se méfiaient toujours de moi, persuadées que je les matais. Aux yeux de certaines meufs hétéros, les lesbiennes, c'est limite pire qu'un mec.

Enfin, cet apaisement se fait court. Discrète comme une panthère, elle se glisse derrière moi. Je la remarque uniquement lorsqu'elle enroule ses bras autour de mon torse et dépose sa tête sur mes épaules. Je lui lance un coup d'œil amusé auquel elle répond par un large sourire. À présent en pyjama, elle ne porte plus qu'un t-shirt trop large et une culotte.

— Depuis quand tu me fais des câlins ? je m'étonne.

— Depuis maintenant.

Ah. Je ne sais pas comment réagir à cette tendresse. En fait, je ne comprends pas ce que Lou souhaite. Juste témoigner son affection grandissante ou reproduire la matinée de notre rencontre ?

— T'as une idée derrière la tête ?

J'y vais au culot, car je déteste perdre mon temps avec des sous-entendus pas assez clairs.

En guise de réponse, Lou passe devant moi et m'embrasse la joue. Son geste me paralyse d'abord. Premièrement, parce que je ne m'y attendais pas. Aussi, parce qu'il ne laisse aucun doute.

— Pardon, s'excuse-t-elle face à mon manque de réaction.

Ses joues rougissent, elle détourne son regard du mien. Pourtant, je ne lui en veux pas. La preuve, j'admire son corps en silence.

Elle est magnifique, ça n'a jamais été un mystère, mais ce soir, je la trouve sublime. Peut-être que connaître son arrière-pensée influence ma manière de la voir.

— T'as pas à t'excuser ! C'était… cool.

Lou arque un sourcil. Elle doit me prendre pour une meuf indécise, ou juste une angoissée qui n'ose pas agir. Dans l'espoir de lui prouver que, malgré tout, je souhaite la même chose qu'elle, je me saisis de tout mon courage. Je la plaque contre le mur et pose mes lèvres sur les siennes. D'abord immobile, elle me rend vite ce baiser, avec une vivacité surprenante.

Je ne pensais pas qu'elle *me* voulait autant.

Pour éviter que l'intensité de cet instant ne baisse, je dépose quelques tendres baisers sur son cou tandis que je glisse ma main sous son t-shirt et la dépose sur ses hanches. De son côté, Lou me mordille l'oreille et me caresse le dos.

C'est agréable. J'aime bien savoir qu'à cet instant, je suis au centre de ses pensées, tout comme elle quitte rarement les miennes.

— Ça va ? s'assure-t-elle d'ailleurs.

Je hoche la tête et m'éloigne légèrement. Je propose d'un geste de main de nous rendre dans la chambre, ce que Lou fait sans même m'attendre. Sur son lit, mon ordinateur allumé me rappelle notre intention de base. Ce serait une bonne excuse pour nous arrêter ici et éviter de nous lancer dans une situation compliquée. Pourtant, je ne la saisis pas. J'attends qu'elle dégage l'ordinateur pour la pousser contre le lit et recommencer à l'embrasser.

Cette fois, ce sont ses mains qui jouent les exploratrices, car elle décide de me caresser le ventre, puis les jambes, malgré mes vêtements toujours présents.

— Lou ?

Elle s'interrompt aussitôt.

— Oui ?

— Juste pour être sûre, tu veux qu'on fasse quoi ?

Son sourire magnifique et séduisant me donne un indice. Sa réponse me confirme le fond de ses pensées.
— Tout.
Je reprends alors mes baisers langoureux sur son cou. Lou, elle, a cessé de me caresser, comme si elle le faisait juste pour me confirmer ce qu'elle souhaitait. À présent, elle me laisse prendre les rênes de la situation. Je n'ai pas un grand palmarès de conquêtes, puisque je n'apprécie pas les rapports sexuels sans sentiments – je ne sais pas pourquoi c'est différent avec Lou –, mais j'ai une idée de quoi faire.
Enfin, plusieurs.
Je glisse à nouveau ma main sous son t-shirt, cette fois juste pour le remonter un peu, assez pour dévoiler son ventre. Je recule sur le lit, suffisamment pour y déposer des baisers sans me retrouver dans une position étrange. En réaction, la peau de Lou frissonne.
— Mais je fais encore rien là ? je m'étonne, surtout pour la taquiner.
— J'imagine juste ce qui va se passer ensuite.
Sa voix, semblable à un souffle, me surprend. Encore une fois, je ne pensais pas lui faire autant d'effet, bien que ce ne soit pas pour me déplaire. Je décide de descendre mes baisers, puis de m'attaquer à ses cuisses.

*

Lou passe sa brosse dans ses longs cheveux foncés. Elle ajoute une huile sur ses pointes puis, enfin, elle les tresse. Sa routine du soir terminée, la peau bien démaquillée, puis hydratée, elle est enfin prête à dormir.

— Tu comptes rester plantée à me regarder encore longtemps ?

— Désolée, je suis juste étonnée que tu prennes tant soin de toi.

— C'est le prix à payer pour être une bombasse comme moi. Autrement, comment j'aurais pu te pécho aussi facilement ?

J'éclate de rire, même si elle n'a pas complètement raison. J'ai accepté de coucher avec elle, parce que je trouve qu'on a une certaine complicité, du moins assez pour le faire. Alors, certes, le physique rentre en jeu, mais j'apprécie surtout la personnalité de Lou.

— Enfin, facilement, ça fait presque deux semaines qu'on se fréquente.

— Et on ne s'est pas vues pendant une semaine.

— Certes, mais je vis avec toi depuis six jours. On s'est embrassées alors qu'on se connaissait depuis une heure, mais on a pris six longues journées avant de coucher ensemble. Pour moi, c'est bien la preuve que ce n'était pas facile !

Par manque d'arguments, Lou me frappe dans un geste flasque. En réponse pacifiste, j'embrasse son front.

— Bon, faudrait vraiment que j'aille dormir, je commence à sept heures demain.

— Si tôt ?

— Faut un peu nettoyer et vérifier que tout va bien dans les rayons avant de commencer à accueillir les clients. Ouais, c'est chiant.

Je souris et profite du fait de me tenir du côté de la table de nuit pour éteindre la lampe de chevet. Lou se colle un peu plus à moi et enroule ses bras autour du mien. Elle le bombarde d'une tonne de petits baisers tous plus craquants les uns que les autres.

Ce soir, je me sens légère. Mon cœur, quant à lui, déborde d'émotions toutes plus joyeuses et positives les unes que les autres.

Pour l'instant, je ne pense pas qu'il soit nécessaire de se questionner sur l'évolution de notre relation. Un seul rapport ne signifie encore rien, encore plus quand on a toutes les deux des vies aussi complexes.

À l'heure actuelle, je suis certaine d'une seule chose. J'ai envie de m'endormir aux côtés de Lou, de la serrer contre moi pour toujours, jusqu'à ce que même l'infini en ait marre de nous. Ce n'est sans doute qu'une pensée passagère, du moins, je l'espère, mais elle est là, et je ne peux pas la refouler. Je ne réprime que mes émotions négatives, jamais les positives, parce qu'autrement, ma santé mentale ne supporterait pas.

— Bonne nuit, choupette.

— C'est la seconde fois que tu m'appelles comme ça, je constate, amusée. C'est devenu mon surnom officiel ?

— Oui, et tu n'as pas le choix !

Chapitre 24

Lou

Je me dépêche de retirer le t-shirt aux couleurs de la supérette et enfile à la place un petit haut à bretelles. Je salue en vitesse mes collègues, sans même m'attarder sur leurs visages aussi oubliables que leurs noms.

J'abandonne mon lieu de travail et me plante devant l'arrêt de bus. Sur le panneau d'affichage délavé, je devine les horaires des bus, inchangés depuis toujours et que je ne retiens jamais. L'heure inscrite sur la croix de la pharmacie m'indique qu'un véhicule atteindra la place d'ici une minute.

Aujourd'hui, il faut que je passe chez Violette pour éclaircir son rôle dans mes meurtres. Je l'imagine mal manigancer un plan complexe derrière tout ça, mais je préfère comprendre sa réelle implication.

Après tout, sans elle qui me souffle le nom des victimes, qui m'encourage à tuer, je ne serais jamais passée à l'acte.

Le petit bus de ville atteint la place, je me dépêche de monter. Je salue poliment le conducteur, un vieil homme d'environ cinquante ans. Je repère une place tout au fond du véhicule contre une fenêtre, je m'y laisse tomber sans me soucier du regard presque mécontent d'une grand-mère à ma gauche. Désolée, vieille femme, si je ne suis pas à ton image. Je viens de me taper une journée de travail et je m'apprête sans doute à me disputer avec ma meilleure amie. J'ai bien le droit d'être une *drama queen* au moins un instant.

Perdue entre mes pensées et la musique de mes écouteurs, je parcours les différents arrêts de la ligne. Je reconnais les coins de ma ville où je me rends peu, par exemple, le quartier derrière mon ancien collège. On atteint assez vite la station juste avant celle où je descends, j'aperçois la piscine municipale. Lors des canicules trop intenses, comme c'est le cas actuellement, la mairie rend l'entrée gratuite. Une tonne de voitures s'entassent alors sur le parking et des passants en maillot de bain s'avancent vers l'entrée.

La mère de Violette, plus présente que la mienne, m'y emmenait souvent, puisque sa fille déteste l'eau. Je nageais avec les enfants de mon âge pendant qu'elle bronzait sur un siège, ou lisait, selon son humeur.

— La porte !

La voix d'un adolescent m'arrache de mes souvenirs. Le présent me revient en tête : aujourd'hui, c'est Violette que je vais voir. J'appréhende une mauvaise réaction de sa part, ce qui est complètement inhabituel dans notre relation. On a une confiance folle l'une en l'autre, pour preuve : on est complices. Pourtant, une boule au ventre m'immobilise au moment de descendre du bus. Je n'ose pas sortir, consciente qu'une fois dehors, il sera complexe de faire marche arrière.

Allez.

Je bondis sur le bitume si brûlant que la chaleur passe à travers les semelles. Tandis que je m'enfonce dans le quartier résidentiel, j'envoie un message pour prévenir Violette. Elle me répond par des pouces en l'air et des cœurs.

Supportant mal la température, je presse le pas et atteins enfin la porte couleur acajou. Je devine que Violette m'y attendait, parce qu'elle l'ouvre avant même que je ne toque.

— *Hello* ! J'étais derrière la porte pour pas que tu crames au soleil, m'explique-t-elle aussitôt. J'étais en train de bouffer et te connaissant, je sais que tu n'as rien pris ce midi, alors j'en ai profité pour te sortir une assiette et te forcer à manger aussi !

Je pose mon regard sur la table haute de la cuisine. Deux assiettes pleines de salade et de quelques bouts de poulet y trônent, impatientes à l'idée d'être ingurgitées. J'hésite, puis, sentant mon ventre gargouiller, je lui accorde ce plaisir. Hier, je n'ai avalé que quelques pauvres bouchées, surtout pour ne pas inquiéter Nika, ce qui n'est en rien suffisant pour combler ma faim.

— OK, t'as gagné pour cette fois.

Je me laisse tomber sur une des chaises hautes, les coussins dessus ralentissent ma chute. Effectivement affamée, je me précipite vers la viande, que je coupe et approche de ma bouche, savourant chaque bouchée.

Jusqu'à il y a peu, je ne mangeais pas à ma faim par manque d'argent. Aujourd'hui, ce n'est plus le cas et pourtant, j'ai gardé cette habitude, au point de culpabiliser lorsque je m'accorde de trop gros repas. Pire que tout, je me suis aperçue que je prenais du poids, ce qui ne fait qu'accroître ma culpabilité. J'ai de la chance d'avoir une amie qui veille sur moi, mais entre mon estime assez basse et les petites voix qui me déconseillent de trop me nourrir, je m'en sors difficilement.

— Je suis contente que tu sois venue ! Je n'ai pas trop de tes nouvelles ces derniers jours, je m'inquiétais vu le plan Nika.

Elle ne sait pas que je lui ai laissé la vie sauve. Pour autant, je ne l'interromps pas encore, curieuse de ce qu'elle s'apprête à me dire.

— C'est étonnant que personne n'ait encore trouvé son corps ou sonné l'alarme de sa disparition, tu t'es super bien débrouillée cette fois ! Tu deviens une vraie pro, tu pourrais presque vendre tes services. Genre, moi, je fais l'agente avec qui les gens communiquent et toi, toutes les sales choses.

Je m'étouffe avec le poulet.

— Ça va pas la tête ?

— Bah quoi ? Autant tirer de l'argent de…

Je serre mon poing contre la table, tentant de toutes mes forces de contenir ma colère. Qu'est-ce qui lui prend ? Je comptais lui demander de moins s'investir dans mes meurtres et à la place, elle propose de les tarifer. Surtout que je n'ai plus tué depuis des mois, il est hors de question que je reprenne pour une raison aussi immorale que l'argent.

— Bah non ? j'insiste. T'es folle ? Jamais je ne tuerais pour l'argent, tout comme je n'ai jamais tué pour la gloire ou j'ne sais pas trop quoi. J'ai un minimum d'éthique, je ne me débarrasse que des gens qui le méritent.

— Alors, je choisirai les victimes qui le méritent ! Vu ta réputation, on trouvera des clients super…

— Voilà. On. Tu veux tirer avantage de la situation, te faire des thunes sur mon manque de morale, sur mes comportements dégueulasses et ignobles.

Le visage de Violette se décompose, elle ne s'attendait pas à cette réaction de ma part. Elle bafouille un début de réponse avant de baisser les bras et de se contenter d'avaler une feuille de salade.

— À chaque putain de fois, c'est toi qui me dis de tuer des gens et comment m'y prendre. Comme j'ai une confiance aveugle en toi et que je ne suis pas la plus saine des personnes d'un point de vue santé mentale, j'ai toujours obéi. Mais bordel, ça n'a aucun sens ! Si tu ne m'avais jamais dit de tuer qui que ce soit, je ne l'aurais pas fait. Et maintenant, sache que je ne veux plus jamais ôter la vie à qui que ce soit.

Violette balance ses couverts contre son assiette dans le but de faire le plus de bruit possible. Génial. Toujours aussi douée pour exprimer ses émotions qu'à nos six ans.

— Putain, Lou, qu'est-ce qui te prend ? Je t'ai peut-être soufflé les idées, mais abuse pas ! C'est toi qui as agi toute seule, commence pas à dire que c'est ma faute si t'as tué des gens !

J'ai déjà connu Violette énervée contre moi, mais en colère, c'est la première fois. Mes accusations la blessent, alors elle me hurle dessus, ce qui me fait reculer par réflexe. Mes pensées pleines de panique et de peur m'ordonnent de partir en courant, comme si je craignais qu'elle me fasse du mal physiquement, ce qui est impossible de sa part.

Pourtant, j'ai peur.

Parce que je ne l'ai encore accusée de rien, je n'ai même pas mal agi. Mon but n'est pas de la faire se sentir coupable pour quelque chose dont je suis autant responsable qu'elle.

— Pardon, c'est à cause de Nika, je soupire, prise de culpabilité.

— Tu regrettes ?

La voix de Violette se fait plus douce. Par chance, la tension entre nous ne dure pas longtemps.

— Je ne l'ai pas tuée. Je n'ai pas pu. Ce n'est pas une mauvaise personne, elle ne comptait pas me dénoncer. Pour quand même avoir un œil sur elle, je l'ai un peu obligée à vivre chez moi tant qu'elle reste en France. Entre-temps, je crois qu'elle s'est mise à apprécier ma présence.

— Elle connaît mon implication dans tes crimes ?

— Je crois. Je suis pas sûre.

Violette soupire et lève les yeux au ciel.

— Tu es sûre qu'on peut lui laisser la vie sauve ?

— Oui, vraiment. Nika est l'une des meilleures personnes que j'ai rencontrées depuis des années. Je t'assure qu'on peut avoir confiance en elle.

— T'es amoureuse ? C'est pour ça que tu ne veux plus tuer ? Tu es amoureuse de Nika et tu as peur de la décevoir ?

Je baisse les yeux et fixe ma fourchette, recouverte du gras du poulet. Je n'aime pas Nika romantiquement, du moins, je ne pense pas. À vrai dire, je n'ai jamais aimé qui que ce soit. Ce sentiment me paraît bien trop abstrait et presque surnaturel pour que je le comprenne. Violette marque cependant un point sur ma crainte de la décevoir. Je ne tuerai plus, parce qu'autrement, Nika m'en voudra.

— J'en sais rien, peut-être, je frémis.

— Bon. On va d'abord gérer le cas « nourrir Lou ». Ensuite, tu vas me détailler ce qu'elle a de si bien, ta Nika. Juste, je t'assure que si j'estime qu'elle représente une menace pour notre amitié ou notre liberté, je n'hésiterai pas à me débarrasser d'elle.

Sa dernière phrase me fait froid dans le dos. Je ne l'ai jamais entendue prononcer de telles menaces, encore moins mentionner d'utiliser elle-même la violence physique. Ce nouveau cap ne signifie qu'une chose : il faudra que je défende Nika comme si ma propre vie en dépendait.

Chapitre 25

Nika

D'une main, j'augmente le son de la voix de Céleste, tandis que de l'autre, je monte une vidéo. Au téléphone, ma nouvelle amie me raconte les aventures de ses chats chez le vétérinaire.

Je n'ose pas lui demander de se taire, car elle m'empêche de me concentrer sur mon travail. Je m'occupe du *dérush*[6] d'une vidéo filmée au Québec, censée sortir hier, qui a finalement pris du retard. C'est long, encore plus lorsqu'une bavarde comme Céleste nous interrompt toutes les cinq secondes.

J'aimerais lui raccrocher au nez et enfin achever la partie la plus chiante du montage. À la place, je l'écoute passer à une énième anecdote insignifiante.

— D'ailleurs ! Les gens ont bien aimé notre vidéo ensemble, ils trouvaient qu'on avait une bonne alchimie. Faudrait qu'on en refasse une.

---

[6] Première étape du montage qui consiste à sélectionner les meilleures séquences filmées pour préparer la vidéo finale. La plupart du temps, c'est surtout enlever les silences et les « euh ».

— Ça, je suis d'accord, mais sur quoi ?

Le léger silence qui envahit le salon me laisse comprendre qu'elle réfléchit. Je profite de cet instant pour supprimer un dernier « Euh » et long blanc durant lequel je cherche mes mots. Je ne suis pas une personne très éloquente, alors je tourne le montage à mon avantage pour donner l'impression de l'être.

— Ton enquête sur La Vengeresse. Je suis en pleine recherche d'infos de mon côté aussi, je sens que si on combine toutes nos informations, on pourra vite découvrir son identité.

— Et qui te dit que je veux savoir qui c'est ? je lâche d'un ton un peu trop sec pour ne pas être suspect.

— Pardon ? s'étonne Céleste.

— Ce que je veux dire, c'est que c'est peut-être ce qui la rend si intéressante. On ne connaît pas son identité, mais on est certains que si on ne fait rien de mauvais et qu'on est une bonne personne, elle ne nous tuera pas.

À travers la caméra allumée, je la vois lever les yeux au ciel. Au même instant, Fumée, son chat gris, passe sur le téléphone, faisant disparaître Céleste de l'écran.

— Faut pas qu'on l'idéalise non plus, sinon on se mettra l'opinion publique à dos.

— Justement, ça peut être un pari intéressant. Aborder la chose comme personne d'autre ne l'a fait. Un peu comme je présente les meurtriers dans mes vidéos, en les humanisant.

— Je dois réfléchir. Je ne veux pas finir *blacklistée* par toutes les marques.

— T'inquiète, il y aura toujours un VPN obscur partant

pour te filer des sous, j'ironise.

Elle laisse s'échapper un léger rire.

— Bref. On se revoit… disons… après-demain ? Je peux passer chez toi ?

— Faudra que je demande l'accord à la gentille fille qui m'héberge ! T'inquiète, il n'y a aucune raison qu'elle refuse. Je te redirai ce soir.

— Génial ! À toute.

Sur ce, Céleste raccroche. Je me retrouve seule dans le salon de Lou, face à mon ordinateur, dans un silence de mort parfois interrompu par ma propre voix en vidéo. Je me dépêche de terminer le montage avant que Lou ne rentre du travail, j'aimerais passer la soirée en sa compagnie, sans avoir à angoisser sur mon boulot.

Après, ce retard est purement de ma faute. Ça m'apprendra à procrastiner.

Concentrée, je ne vois pas les heures passer jusqu'à ce que j'achève la vidéo. Je la passe sur YouTube, ajoute une miniature, une description, prévois l'heure de publication pour dix-huit heures. Je lis en vitesse les mails que j'ai reçus : une agence me propose un partenariat, quelques messages importants et la réponse d'une monteuse que j'ai contactée pour connaître ses tarifs. Ça va, ils sont élevés, mais j'ai vu pire.

Enfin, je ferme l'écran. À présent libérée de toutes mes obligations, je me prépare un café bien mérité. Je lis l'heure sur l'horloge de la cuisine, Lou rentrera bientôt, alors je lui en fais un aussi. De ce que j'ai compris, elle a travaillé, puis a passé son après-midi chez sa meilleure amie.

Elle doit être assez fatiguée.

Alors que ma boisson se prépare, j'entends ses clés dans la serrure, puis sa voix lorsqu'elle se glisse dans l'appart. Pour l'accueillir comme il se doit, je me précipite vers l'entrée et lui tends le café dans un immense sourire. Elle le saisit sans rien dire, l'air perdue et déboussolée.

— Tu vas bien ? je m'inquiète aussitôt.

— On a connu un moment tendu de notre amitié avec Violette, mais ça va mieux.

— Oh… Je suis désolée pour toi… Je peux faire quelque chose pour te remonter le moral ?

Lou ferme la porte d'un coup de hanche. Elle claque si fort qu'on l'entend dans le tout bâtiment, ce qui nous vaut les foudres du voisin, qui parvient à frapper son plafond. J'éclate de rire, Lou de même.

— Un petit bisou ? propose-t-elle, l'air tout innocent.

Pas besoin d'insister plus. Je passe mes mains dans ses cheveux et la ramène près de moi, assez pour que je puisse déposer mes lèvres sur les siennes. Cette fois, notre baiser reste assez tendre, presque timide, ce qui me satisfait aussi.

Lou abandonne son café sur le meuble en face de l'entrée et enroule ses bras autour de moi. Elle me serre fort, si fort que j'hésite à lui demander d'arrêter.

— Ça te dit que, demain, on aille un peu se balader ? Je connais plein d'endroits jolis qui vont te plaire.

— Rah, ouais, t'utilises même pas le conditionnel, t'es carrément sûre que ça va me plaire.

— À force, je commence à connaître tes goûts.

— Sois pas si sûre.

— Si. La preuve, je sais exactement ce que tu veux là.

Pour appuyer son propos, elle m'embrasse une seconde fois. Les rayons du timide soleil de fin de journée se déposent sur son visage, lui faisant prendre une teinte dorée. Surtout, ils mettent en valeur les reflets chauds de ses cheveux presque noirs. Même après une journée de travail, Lou est magnifique. Ou peut-être que c'est mon affection pour elle qui déforme la réalité.

Non, Lou est réellement la plus belle femme de ce pays, même du continent. Et c'est là que je me dis que je suis peut-être trop attachée.

— D'ailleurs, est-ce que ça te gêne si j'invite une connaissance chez toi après-demain ? Pendant que tu travailles ?

Elle hausse les épaules.

— C'est qui ? La meuf avec qui tu as filmé une vidéo l'autre fois ?

— Yep.

— Eh bien, écoute, fais comme chez toi. Nan, en fait, t'es chez toi ici. Alors, éclate-toi.

En guise de remerciements, je caresse sa joue et dépose un délicat baiser sur son front.

Chapitre 26

Lou

Je bondis du bus régional. Le gravier grésille sous mes pieds jusqu'à ce que j'atteigne un chemin de terre sèche et craquelée. En temps normal, les allées de la forêt débordent d'insectes en tout genre, profitant de l'humidité de la boue.

En pleine canicule, on se demande s'ils ne sont pas tous morts.

Un peu derrière moi, Nika me suit, moins à l'aise dans la nature. Après avoir visité quelques jolis villages, tels que Cordes-sur-Ciel ou encore Lautrec, j'ai décidé d'achever notre balade dans la forêt de Sivens. Je m'y promenais souvent enfant avec mes parents, lorsqu'on s'entendait encore assez bien pour faire semblant d'être une famille normale. Au collège, on y faisait de la course d'orientation, j'en profitais pour m'asseoir sur des troncs d'arbres trempés et discuter avec Violette.

Au global, j'associe ce lieu à des souvenirs plutôt bons, d'où le fait que j'y emmène Nika.

— C'est peut-être le moment pour te dire que je n'aime pas trop les balades en forêt.

Son allure lente et son visage pas franchement expressif me donnaient déjà un indice de sa volonté inexistante à se trouver ici.

— Sois un peu ouverte d'esprit, tu verras, c'est joli ! En automne, il y a des champignons, c'est trop cool !

— Heureusement qu'on est en automne alors, ironise-t-elle.

— Tu dois rentrer au Canada quand ?

Nika ne répond pas. Elle n'a même pas réfléchi à ce détail, elle vit presque au jour le jour.

— Mi-octobre, il me semble. Après, si t'as peur que je te manque trop, je peux demander un visa longue durée, mais je ne suis pas sûre que ça passe.

Je rêverais que ce soit accepté, même s'il n'y a aucune justification à ce qu'elle reste plus longtemps en France. Elle ne travaille pas ici, elle n'a pas de famille ici, nous ne sommes même pas officiellement un couple. Lorsque Nika partira, je devrai attendre plusieurs longs mois avant qu'elle ne puisse revenir. J'essaye de ne pas penser à cette information, parce que je refuse d'imaginer mon quotidien sans sa présence. J'ai toujours été exagérée dans mes émotions, dans ma vitesse à m'attacher aux autres, à dépendre d'eux, aussi. Une fois au Canada, elle pourrait couper tout contact avec moi, ce qui serait le plus logique et aussi, le plus douloureux.

Je ne veux pas me retrouver seule. Jamais aucune autre personne ne pourra être aussi… attentionnée et compréhensive que Nika, pas même Violette. J'en suis convaincue.

— Bref, la promenade en forêt, je lance pour me changer les idées. J'connais tous les recoins chouettes, je venais ici quand j'étais petite !

Elle ne défend pas son manque de volonté, elle se contente de me suivre, les pieds lourds, l'air agacée. On s'enfonce entre les arbres aux épais feuillages verts, les quelques buissons un peu trop secs et les moustiques. Parfois, sur les bouts de terre qui arrivent à maintenir de l'humidité, j'aperçois des empreintes d'animaux, surtout de lapins. Chaque fois, je les photographie. Ça ne sert à rien, ce n'est même pas une inspiration de dessin, pourtant, je les collectionne depuis des années.

— Une fois, on a vu une maman lapin et ses enfants pas trop loin d'ici. Quand j'étais petite, la nature semblait moins timide que maintenant, j'avais parfois l'impression de vivre dans un Disney.

Derrière, Nika tourne sa tête dans tous les sens. Elle étudie les variétés d'espèces d'arbres avec une curiosité impressionnante.

— Dis, t'es pas mal nostalgique de cet endroit, non ? remarque-t-elle. Tu ne fais que parler de quand tu étais petite, pas des sentiments que ce lieu te procure aujourd'hui et maintenant.

— Bah… Je n'ai pas grand-chose à dire. C'est apaisant d'être entourée de la nature, sans sentir la présence d'aucun humain à part toi. Mais tu es si géniale que ce n'est pas gênant.

Les joues de Nika s'empourprent. J'adore sa manière de réagir à mes compliments, elle essaye de masquer quand ils la touchent, sans jamais y parvenir.

— Euh, merci… bafouille-t-elle, toujours toute rouge. Euh, ça te dit qu'on se trouve un endroit où se poser pour continuer à réfléchir à notre super idée de BD ?

Un immense sentiment de joie et d'excitation m'envahit. Cette idée lancée sur un coup de tête se concrétise chaque jour un peu plus.

Je glisse ma main dans celle de Nika et la force de cette manière à me suivre à travers les bois. On quitte assez vite le chemin de terre pour s'enfoncer dans les buissons et les orties que j'esquive avec aisance, contrairement à elle. Vite, j'atteins un grand espace vert, plein de troncs coupés qu'on pourrait presque prendre pour des bancs. C'est ici qu'on fuyait la course d'orientation avec Violette.

— Choisis ton siège, chère camarade, je prononce d'un air pompeux.

Dans un large geste de main, j'indique les chaises improvisées. Flemmarde, Nika s'assoit sur la plus proche, choix qui ne m'étonne pas venant d'elle. De mon côté, je m'installe à sa droite, assez proche pour l'atteindre si j'étire mes bras.

— Donc, on est d'accord qu'on reprend ton idée de roman avec la magie du temps ?

— On pourrait écrire des personnages avec des parents aimants, propose-t-elle. Ça me ferait du bien de voir ce genre de relations.

— Les tiens ne t'aiment pas ? je m'étonne, un peu trop directe.

En réalité, Nika me confie très peu d'informations sur sa vie. Je connais les grandes lignes, son passage en France, ses origines ukrainiennes, son rêve, et c'est tout. Elle ne m'a jamais parlé de ses parents, ce qui donne un indice sur leur relation. Ils sont inexistants dans son cœur.

— Mon père est mort quand j'étais petite, je n'ai pas trop de souvenirs de lui. Et du côté de ma mère, elle n'est pas douée pour exprimer son affection. On s'entend bien, enfin, on ne se déteste pas, mais je crois qu'elle ne m'a jamais dit « Je t'aime », par exemple.

Je me sens mal pour Nika. Une fille aussi expressive qu'elle mériterait qu'on lui exprime tous nos sentiments, qu'on lui dise à quel point elle compte à nos yeux. Peinée, j'hésite de longues secondes à me lever pour la serrer contre moi. Dommage, avant que je trouve le courage d'agir, elle change de sujet.

— Pour la BD, j'ai envie d'une *vibe* un peu époque victorienne. OK, c'est basique, mais j'adore cette ambiance.

Je n'insiste pas sur ses relations familiales et entre dans la planification de notre futur chef-d'œuvre. Rien que ça, oui.

— En vrai, ça peut être pas mal. Juste, ça me dit déjà quelque chose comme *plot* d'histoire.

Nika lève les yeux au ciel. Son regard s'attarde sur une branche secouée par le vent, l'ombre des feuilles s'imprime sur son visage. Parfois, elle plisse les yeux quand le soleil s'impose trop violemment.

— Toutes les idées ont déjà été écrites, l'important, c'est de l'aborder dans un angle différent. Et puis, je ne sais pas si ça a déjà été fait en bande dessinée.

Comme si elle souhaitait empêcher mes doutes de prendre trop de place, elle glisse son sac devant ses jambes et l'ouvre. Elle y plonge sa main, fouille plusieurs secondes, avant d'en sortir mon carnet de dessin et mes crayons.

— Profitons de la nature pour laisser s'exprimer notre incroyable fibre artistique, non ?

Elle me tend mes affaires dans un grand sourire, je n'ose pas refuser. Je pourrais reproduire ce coin de la forêt, je m'entraîne peu sur les paysages. Nika, quant à elle, sort son ordinateur.

— J'écris, tu dessines, chacun fait sa passion, mais on le fait ensemble. Ton *love languange*, c'est les cadeaux, moi, c'est passer du temps avec la personne !

Love. Amour. Ce n'est qu'une expression, mais l'emploi de ce terme m'apporte beaucoup de joie.

— Et aussi, ça me permet d'éviter la balade en forêt, je ne vais pas mentir.

— En fait, tu me manipules pour ne pas marcher ! je m'exclame, faussement outrée.

— Mince, démasquée... C'est juste que je n'aime pas trop la nature. Pas dans le sens faut couper la forêt amazonienne, plutôt dans le sens, j'y suis pas à l'aise et je me fais griffer par toutes les branches.

En guise de preuve, elle remonte son pantalon jusqu'au mollet et m'indique une petite ligne rouge entrecoupée de quelques perles de sang.

— Ça va, t'es pas trop une *drama queen*, tu trouves ?

— Juste un peu, admet-elle. Alors, on se fait notre aprèm artistique ou tu veux que je me blesse de manière pas du tout grave et superficielle en sachant que je vais quand même dramatiser la chose ?

    Elle m'agace et elle adore ça.

    — Va pour la pause créative, alors. Juste, t'as intérêt à écrire quelque chose de super, sinon je te force à faire une randonnée dans les Pyrénées. J'te préviens, je connais quelques chemins cool, mais é-pui-sants.

Chapitre 27

Nika

Chapitre du jour terminé.

Satisfaite, je pose mon regard sur l'écran en veille de mon téléphone. Dix-sept heures trente. Vu l'heure, je n'aurai pas le temps d'en commencer un nouveau. Je ferme alors mon ordinateur et le glisse dans mon sac, entre la gourde et ma batterie externe.

À la recherche de divertissement, je dirige mon attention sur Lou, qui alterne des coups d'œil entre sa feuille de papier et la nature autour d'elle. En un peu plus d'une heure, je ne sais pas à quel point elle a pu avancer. Curieuse, je me lève alors et me glisse derrière elle. Bien plus grande que Lou, surtout lorsqu'elle est assise, je n'ai qu'à pencher la tête pour découvrir une reproduction extrêmement précise de la forêt. Elle dessine tous les détails qu'elle remarque, allant des petits rochers à l'herbe près des arbres. Elle y ajoute tout de même une touche personnelle : des petites fées qui volent et décorent les branches avec de minuscules fleurs.

— C'est... magnifique.

Lou sursaute et rature le haut de sa feuille. Je sens la colère monter en elle, puis baisser aussi vite.

— Merci. J'avais pas trop d'idées et, quand je n'ai pas d'inspiration, j'ajoute des fées. C'est un peu con, tu as le droit de me le dire, mais je trouve que ça rend joli.

— Peut-être qu'on devrait créer une bande dessinée autour des fées, t'as l'air de bien maîtriser la chose.

Mon offre n'enchante pas Lou, au contraire. Elle lâche un long soupir et ferme son carnet. Le crayon toujours à l'intérieur glisse et chute sur le sol recouvert de feuilles déjà jaunes.

— Si je ne dessine que des choses féeriques et mignonnes, on me prendra pour une vraie folle quand on découvrira mes crimes.

— Si on ne t'a jamais démasquée alors que ton dernier meurtre remonte à presque un an, je pense que tu as de quoi être tranquille. Tu vas rester libre, je te l'assure.

— T'es mignonne, mais je n'y crois pas trop. Je reste un monstre, je mérite au moins un peu de prison, quoi. Le mieux serait presque qu'on réinstaure la peine de mort à mon encontre.

Les paroles de Lou me brisent le cœur. D'abord, parce qu'elles me font comprendre qu'elle vit avec une grande culpabilité face aux meurtres qu'elle a commis. C'est rassurant, je ne traîne pas avec une fille insensible et immorale, mais triste, car d'une certaine manière, ça me prouve que ce n'est pas quelqu'un de mauvais. Et aussi, je déteste lorsque les bonnes personnes se sentent mal.

— Bon, ça va être un peu contradictoire vu notre relation, mais de mon point de vue, personne ne devrait avoir le pouvoir de tuer quelqu'un d'autre, donc tu ne mérites pas la peine de mort. La vie est précieuse, pas parce qu'elle serait divine ou je ne sais pas trop quoi, mais parce qu'elle est unique. Alors, c'est normal de faire des erreurs et même si certaines sont gravissimes, je ne peux pas en vouloir à quelqu'un éternellement. Après tout, c'est notre seule et première vie.

Un rire s'échappe des lèvres maquillées de Lou.

— Tu es indulgente envers les humains, non ?

— Il faut, autrement, je me serais déjà débarrassée de deux-trois connards. Les gens peuvent agir comme des monstres, parce qu'ils ont grandi d'une certaine manière, qui les a poussés à le devenir. Pour autant, ça ne signifie pas qu'ils ont une âme fondamentalement mauvaise ou je ne sais quoi.

Lou ne partage peut-être pas mon avis, toutefois, elle m'écoute avec attention. Elle ne me quitte pas des yeux, l'expression neutre, intéressée par ma mentalité.

— Par exemple, toi, si t'avais été dans une famille un peu plus aimante, tu n'aurais jamais buté qui que ce soit. Ou encore, si les petits avec qui j'étais au collège avaient été un peu plus sensibilisés à la différence, ils ne m'auraient jamais harcelée. Donc, je ne leur en veux pas.

— Tu n'en veux pas à tes harceleurs ?

L'incrédulité de Lou ne me surprend pas. Elle aussi a subi des moqueries quand elle était scolarisée, et de ce que j'ai compris, c'était assez intense. Hiérarchiser les souffrances ne sert à rien, mais je pense qu'elle a été plus impactée que moi, d'où sa difficulté à comprendre mes paroles.

— Non. Ce n'étaient que des gamins. Quelques jours avant de venir en France, je suis tombée sur des photos de quand j'étais ici, au collège donc. Tous ces gens qui me terrifiaient, qui semblaient si grands et imposants, n'étaient en fait que des enfants. Je me vois mal en vouloir toute ma vie à des gosses. Tu sais, faut pas se laisser influencer par ce que dit le pessimisme général. Au fond, les humains ne sont pas des créatures plus mauvaises que les chats ou les pandas roux.

Lou reste silencieuse. Elle se lève et se tourne de manière à me faire face, malgré la branche entre nous qui l'empêche de trop s'approcher. Immobile quelques instants, elle décide d'un coup de l'escalader, avec une agilité que je ne lui connaissais pas. Une fois bien en place, elle s'assoit de manière à laisser pendre ses jambes. Pour la première fois, Lou est plus grande que moi.

— J'ai de la chance de t'avoir rencontrée.
— Tout ça ? je m'étonne.
— Oui.

Pour accentuer ses paroles, elle m'embrasse délicatement. Je lui rends ce baiser et en profite pour la descendre de l'arbre. De retour au sol, elle ramasse ses affaires d'art et les balance au-dessus de mon sac.

— D'ailleurs, dit-elle.
— Oui ?
— Ce n'est pas parce qu'on s'embrasse que notre relation devient sérieuse, hein.

Ah.

Je ne m'attendais pas à ce qu'elle aborde ce sujet, encore moins d'une manière aussi brutale.

Ça fait mal. Plus que je ne l'aurais cru. Je sens mon cœur

s'alourdir et mes pensées s'assombrir, parce qu'en fait, une part de moi vivait avec le maigre espoir d'enfin connaître l'amour grâce à Lou. Enfin bon, j'ai trop rêvé, comme d'habitude. Après tout, il faut bien déborder d'imagination pour être autrice.

— Oui, je confirme pourtant. On profite juste de bien s'entendre pour tirer un avantage mutuel de la situation.

Distante de mes propres paroles, je les prononce avec un ton le plus indifférent possible. Je ne sais pas si j'arrive à la convaincre, dans tous les cas, elle me lance un grand sourire.

— Bon, on rentre chez moi ?
— Allez ! On n'a plus rien à faire dans cette forêt.

Ou peut-être que si, il me restait des choses à faire. Si j'en avais eu le courage, j'aurais pu argumenter pour que notre relation devienne plus sérieuse. Mais j'ai peur de trop insister, de la mettre mal à l'aise. Aussi, surtout, d'avouer mes débuts de sentiments venus bien trop vite pour être rationnels.

— Nika, tu peux me passer ta gourde d'eau ?

Perdue dans mes pensées, je prends plusieurs longues secondes avant de réagir. J'aurais préféré qu'elle ne me dise rien et continuer à vivre avec l'espoir de connaître un peu d'amour.

Chapitre 28

Nika

Je passe un coup de balai dans la chambre de Lou. J'entasse les poussières dans un coin devant la porte, je les ramasserai une fois toute la pièce nettoyée.

— Tu sais, tu n'es pas obligée de faire le ménage à ma place ! s'exclame-t-elle depuis la cuisine, s'occupant de la vaisselle.

— Tu me loges gratuitement, je te dois bien ça !

Entre les nombreuses poussières et quelques cheveux, je ramasse plusieurs emballages en plastique abandonnés depuis des lustres. Une fois satisfaite de l'état du sol, je lève les yeux et aperçois les dessins de Lou. Ses nombreux personnages inventés, quelques fées mais surtout, une de ses victimes.

— C'est glauque d'avoir un dessin d'un type que tu as tué dans ta chambre.

— Je l'ai toujours pas retiré ? s'exclame Lou d'une voix dégoûtée.

Je souris. J'attrape le dessin et, sans savoir où le ranger, je le glisse sous le lit. Si tout se passe bien, je me souviendrai de cette planque et, dans le pire des cas, elle retombera dessus dans quelques mois, lorsqu'elle se souviendra qu'il faut nettoyer le dessous du lit.

— Est-ce que tu peux me passer de quoi ramasser toutes les poussières ? On dirait qu'un ouragan de saletés est passé sous tes meubles.

Sur ce commentaire, je la rejoins dans la pièce de vie. Elle essuie les verres et, sur la pointe des pieds, les range soigneusement à leur place. Elle m'indique d'un geste d'épaule un placard entrouvert duquel pend une balayette.

— Alors, déjà, t'exagères. Ensuite, ma chambre est chiante, elle se salit vite.

— Ouais, ça doit être ça. Et les emballages d'Oreo sous le lit, c'est aussi la faute de la pièce ?

Lou soupire.

— Écoute, l'image qu'on se fait de nous-même ne correspond pas toujours à la réalité. Je pensais être propre, mais en fait, je crois que c'est à relativiser.

— Je crois aussi.

Je devine à ses gestes de bras qu'elle hésite à me lancer l'essuie-tout au visage. Par chance, elle finit par choisir la solution pacifique, c'est-à-dire, le dialogue :

— C'est juste que quand je me compare à Violette, je suis bien plus propre et responsable qu'elle.

Sa défense douteuse ne me convainc pas. Alors, comme pour prouver que je ne l'écoute plus, je retourne dans la chambre. Accroupie au niveau de la porte, je glisse les saletés dans la balayette.

— D'ailleurs, ta Violette, faudrait que je la voie un jour. Elle a l'air bien drôle.

Dans le coin de mon champ de vision, j'observe Lou gigoter entre les différents rangements de sa cuisine. Pourtant, elle s'immobilise dès que je propose de rencontrer sa meilleure amie.

— Crois-moi, tu ne veux pas la rencontrer, répond-elle d'un ton sec.

— Vous ne vous êtes pas réconciliées depuis votre dispute de l'autre jour ?

Elle baisse ses bras, même ses épaules s'affaissent.

— C'est un peu plus compliqué que ça.

Elle ne développe pas, je comprends qu'elle souhaite changer de sujet.

— Quand tu auras fini ta petite vidéo avec l'autre meuf, ça te dit qu'on aille à Toulouse ?

J'ai aussi remarqué que depuis sa visite chez Violette, elle souhaite qu'on passe le moins de temps possible dans son appartement.

Ce constat m'intrigue, bien que je n'arrive pas à comprendre ce qui la pousse à agir de la sorte. Peut-être que je dispose de toutes les cartes pour comprendre, mais je n'ai jamais brillé par mon intelligence.

À la place, je me contente de hocher la tête.

— Je connais une glacerie qui fait des glaces à la violette délicieuses. Aucun lien avec ma meilleure amie, c'est juste que c'est un goût délicieux.

— Je crois que j'ai jamais goûté, j'avoue.

— Eh bien, ça te fera une super occasion pour découvrir.

Sur ce commentaire qui déborde de joie, Lou s'échappe plus loin dans son appart. Je me retourne alors pour ne pas la perdre de vue. Au niveau de l'entrée, elle enfile le t-shirt de son lieu de travail, puis sa paire de bottes noires.

— Je pense rentrer aux alentours de vingt et une heures. Ça te laisse assez de temps pour ta vidéo avec l'autre meuf ?

Je hoche la tête.

— Génial. À toute !

Sur cette réponse, Lou claque la porte et me laisse seule dans son appartement plein de plantes.

*

Céleste observe le salon avec une attention surprenante. Son regard s'attarde successivement sur l'horloge de la cuisine, l'immense plante aux feuilles atteignant presque sa taille et enfin, sur les poutres au plafond.

— C'est joli, j'aime bien les goûts de ton amie, lâche-t-elle.

— Oui ! En plus, elle dessine aussi super bien, j'ajoute, fière comme si je défendais ma propre cause. Dans sa chambre, y en a plein ! En ce moment, son délire, ce sont les fées. Bon, par contre, je ne sais pas si tu as le droit d'y entrer, alors on va faire vite.

J'étire mon bras jusqu'à la poignée et ouvre la porte, dévoilant la pièce parfaitement nettoyée. Curieuse, Céleste s'y faufile et contemple les dessins aux murs. Je remarque par la même occasion que Lou y a collé celui réalisé lors de notre balade en forêt. Ce n'est sans doute rien pour elle et pourtant, ça me fait sourire. Une part de moi restera dans sa chambre, même lorsque je rentrerai au Québec.

— Elle est super talentueuse ta... Elle s'appelle comment, déjà ?

— Lou. Elle s'appelle Lou et oui, c'est une super artiste.

Les lèvres de Céleste s'étirent, trahissant son amusement. Elle avance de quelques pas vers moi, l'air toujours aussi joueuse, puis me tapote l'épaule.

— T'as l'air amoureuse.

— Ça se voit tant ? je m'étonne.

Céleste se laisse tomber sur le canapé et éclate de rire.

— Oh que oui. La manière dont tu parles d'elle veut tout dire. Tu ferais tout pour elle.

— Peut-être pas à ce point...

Par exemple, je serais incapable de tuer, sauf si sa vie est en péril.

— Bref. Pour la vidéo d'aujourd'hui, on a deux solutions. Soit tu me balances toutes les informations que tu as sur La Vengeresse avant de filmer pour qu'on se soit un peu concertées. Ou alors, on se dit tout en direct dans la vidéo, comme ça, on a nos vraies réactions et théories en temps réel. La spontanéité de la chose peut rendre la vidéo intéressante : nos idées et réflexions évolueront en même temps que celles des spectateurs.

Et surtout, si je maîtrise les bons mots, cette solution me permettra de l'aiguiller vers tout le monde sauf Lou. Je choisis donc la seconde option, Céleste hoche la tête. Elle sort sa caméra de son sac et l'installe devant le canapé, je l'observe faire sans oser intervenir. Encore une fois, la vidéo sera pour sa chaîne, donc je dois la laisser faire selon ses propres habitudes. Tandis qu'elle s'occupe des derniers préparatifs, je me rends en vitesse aux toilettes. Je profite du peu de solitude que cette pièce m'accorde pour me recoiffer en deux-trois coups de main, avant d'enfin poser mes fesses sur les WC.

L'angoisse commence à monter. Je ne sais pas comment faire pour donner assez d'informations à propos de Lou sans pour autant compromettre sa sécurité ni mentir. Je devrai trouver un juste milieu et, surtout, encourager Céleste à croire en des hypothèses qui pourraient la dédouaner.

Déjà, lui faire croire qu'un homme se cache derrière La Vengeresse. Genrer les crimes, c'est terriblement stupide, toutefois, ça reste l'une de mes seules solutions. Lou n'a tué qu'une seule fois avec une arme blanche, ce fut si violent et sauvage, que la plupart des personnes n'associent pas ce meurtre à La Vengeresse. Pour autant, je peux essayer de me raccrocher à cette affaire et à sa brutalité pour dire que seul un homme peut se montrer si dégueulasse. C'est stupide, moi-même je n'y crois pas, mais le désespoir nous fait agir de manière improbable.

Motivée, je me lève enfin et me lave les mains. Lorsque le savon entre en contact avec l'eau, une grande quantité de mousse se forme. Je m'amuse à jouer avec, à la faire rebondir entre mes mains.

— Nika, t'as bientôt fini ?

Céleste m'arrache à mes pensées. Je m'essuie sur mon

pantalon et la rejoins vite dans le salon. Elle aussi s'est recoiffée, en se créant deux magnifiques tresses symétriques. Impressionnée par sa précision sans miroir, je complimente ses cheveux.

— Bah merci ! Allez, je vais lancer la vidéo. Tout est OK de ton côté ?

— Yup.

Le discret minuteur retentit trois fois, puis se tait. Céleste commence sa présentation, que je n'écoute pas vraiment ; je me contente de lui lancer des sourires polis. Enfin, vient mon tour. J'introduis en vitesse les meurtres commis par La Vengeresse et présente ses différentes victimes et ce qu'elles ont elles-mêmes commis. Je manque d'objectivité et, surtout, de cohérence avec ma vision du monde, mais ça m'importe peu. Si on parle de Lou, autant la rendre la plus respectable possible malgré tout.

Céleste reprend assez vite la parole, présentant les preuves assez évidentes selon lesquelles La Vengeresse vivrait dans cette ville. J'ajoute ensuite ma théorie qui dirait qu'il s'agit d'un homme. Céleste n'y croit pas. Elle me dit que, puisque Lou ne vise que des harceleurs, violeurs et agresseurs de femmes, aucun homme ne se serait dévoué pour les tuer.

Ça tient la route.

J'essaye de faire croire qu'il s'agit d'une personne âgée, peut-être même d'une ancienne policière ou gendarme. Puisqu'on ne retrouve jamais de preuve, à part celles que Lou laisse volontairement, on peut penser à quelqu'un de professionnel, qui connaît ce que les enquêteurs cherchent.

Cette fois, Céleste accroche. L'idée de l'ancien flic l'enchante même, elle dit qu'on croirait presque à un scénario de roman. Genre, une policière qui pensait pouvoir aider les femmes victimes de violences et qui se rend compte qu'en fait, la police n'apporte pas toujours l'aide désirée. Alors, dégoûtée de ne servir à rien, elle a décidé de s'occuper elle-même des cas qui n'avançaient pas.

— Dans ce cas-là, est-ce que ce serait condamnable d'un point de vue moral ? Coupe ça au montage, je veux pas passer pour une grosse tarée, n'empêche que c'est une vraie question.

Un doute apparaît sur le visage de Céleste. Elle s'étire et attrape le verre d'eau déposé sur la table basse. Elle avale quelques gorgées avant d'enfin répondre.

— Si c'est une policière désabusée, parce que l'institution qu'elle a rejointe pue la merde et n'atteint pas son objectif, aka apporter de la justice, je dirais que ça risque d'être compliqué. D'un point de vue loi, elle serait dans la même merde que n'importe qui, peut-être même plus. Mais au niveau de l'opinion publique, beaucoup de gens la soutiendraient. Du moins, je le pense.

— Ça montre surtout qu'il y a un gros souci si on est obligés de se faire justice nous-même, je commente.

— Ça, ouais... Mais qui sommes-nous pour changer le système ? Surtout quand pour toi, ce n'est même pas ton pays.

Je hausse les épaules. C'est bien à nous de nous mobiliser pour changer le monde, même si souvent, on a l'impression de n'avoir aucun impact. Pour autant, je reste silencieuse, manque d'envie de débattre. On poursuit alors le tournage jusqu'aux alentours de dix-huit heures. On détaille la manière de procéder des crimes, toujours similaire, puis les profils des quelques suspects déjà dévoilés par la police. Satisfaite de la vidéo et de la discussion qu'elle a trouvée très instructive, Céleste bondit sur moi et me prend dans ses bras. Mal à l'aise, je n'ose pas la pousser, mais ne rends pas l'étreinte.

— Je t'enverrai la vidéo finale avant de la poster. Ça te va ?

Je hoche la tête. J'espère juste l'avoir assez écartée de tout soupçon à propos de Lou.

Chapitre 29

Lou

Nika s'imagine que je suis une bonne personne sous prétexte que je ne l'ai pas tuée. Parce que j'ai l'air saine d'esprit, aussi. Si je donnais l'impression d'être folle, de ne pas prendre soin de moi, de parler seule, ou juste de socialiser moins bien que ce que « j'arrive » à faire, elle ne se serait jamais montrée aussi indulgente à mon égard. Mais comme je me présente bien, que je ne suis pas complètement antipathique, mes meurtres passent presque pour quelques erreurs vites oubliables.

Pourtant, Nika le dit elle-même. La vie est précieuse et personne ne devrait prétendre pouvoir l'arracher à quelqu'un.

Petite, trop empathique, j'épargnais même les moustiques. Les insectes et leur vie insignifiante me faisaient de la peine. Je préférais m'asseoir au fond du parc de la ville et observer les gendarmes avancer en ligne, m'émerveiller face aux papillons aux ailes colorées. Je pleurais quand des animaux mouraient dans les films, encore plus pour ceux de la vraie vie.

En même temps, je m'amusais à décapiter mes Barbie et Petshop en me disant qu'elles étaient des filles de ma classe. Parfois, je remplissais mes avions en jouet de Playmobil et les faisais se cracher contre le sol, m'imaginant à chaque fois qu'il ne restait qu'un survivant endeuillé. D'autres fois, je les faisais avoir des relations sexuelles. À défaut d'avoir des Ken, je rendais toutes mes Barbie lesbiennes.

En soi, rien de bien étrange pour l'esprit sadique et tordu d'une enfant. J'aurais dû rentrer dans la norme en grandissant, me contenter de torturer mes Sims en m'imaginant qu'ils étaient mes harceleurs. Mais Violette m'a encouragée à tuer. Mon âme pleine de rancœur est devenue trop sensible à une telle tentation.

Mon premier meurtre remonte à mes dix-sept ans.

En troisième, Nicolas, un mec de ma classe, s'est créé un faux compte pour sympathiser avec moi. Heureuse qu'un garçon s'intéresse enfin à moi, je suis devenue trop naïve pour remarquer le piège dans lequel je m'embarquais. Je lui ai confié certains secrets, tels que toutes les émotions que je ressentais face au harcèlement et toute la solitude qui en découlait. Je lui ai avoué avoir perdu toute confiance en moi et, surtout, ressentir une rage profonde envers mes camarades de classe. Au lieu de se montrer empathique, d'enfin réaliser l'ampleur du harcèlement sur une personne, il envoyait des photos de nos discussions à toute la classe.

Un jour, il a insisté pour que je lui envoie des *nudes*. J'ai refusé, alors il m'a harcelée de compliments jusqu'à ce que j'accepte. Évidemment, tout s'est répandu à travers le collège, puis le lycée. On m'insultait de tous les noms, parce que c'est plus simple de se moquer de la victime que de s'en prendre au coupable.

Par chance, si on peut vraiment appeler ça de cette manière, il ne s'en prenait pas qu'à moi. Toutes les filles timides, isolées dans leur coin, vivaient le même calvaire de sa part.

Je n'étais qu'une malheureuse parmi tant d'autres.

Je l'ai réalisé peu après m'être déscolarisée. À ce moment, les paroles de Violette à base de « bute-le » tournaient en boucle dans mon crâne. Si je le tuais réellement, je ne serais pas l'unique suspecte, loin de là.

Alors, je l'ai fait. J'ai repris la méthode que j'avais déjà essayée au collège : l'empoisonnement. Avec l'aide de Violette, on l'a perfectionnée, j'ai réussi à empoisonner Nicolas.

— Lou, tu vas bien ?

Le présent m'appelle. En l'occurrence, la voix de Nika. Je me trouve dans ma chambre décorée de plantes et de mes propres dessins, allongée sur mon lit plus que confortable, accompagnée par la meilleure personne que j'aie rencontrée.

Et surtout, je pleure. C'est étrange, je n'ai pas senti mes larmes alors qu'elles glissent sur mes joues.

— Pardon, j'ai juste eu un souvenir pas fou qui est revenu, j'avoue à demi-mot.

— Oh, je vois. Si jamais tu as besoin d'en parler à un moment, je suis là pour toi.

— Merci, mais ça fait partie des choses sur moi que tu n'as pas à connaître.

Nika sourit et n'insiste pas. Certains secrets ne sont pas faits pour être dévoilés, on doit juste vivre, puis mourir avec.

Je suppose que le détail de tous mes crimes en fait partie.

— T'en veux pour te changer les idées ?

Nika secoue un paquet de chips devant mes yeux. J'hésite avant de vite secouer la tête. Je me connais : si je commence à manger un peu de gras, je n'arrêterai pas durant trois jours. J'achèterai chips, bonbons et biscuits jusqu'à ce que j'en aie marre. Ensuite, je regretterai d'une telle force que je m'interdirai de manger.

— À défaut de parler de ce qui t'a fait pleurer, est-ce qu'on peut au moins parler d'autre chose ?

— Euh, oui ?

— Ton rapport à la nourriture. Tu sautes la moitié de tes repas et ceux que tu ne sautes pas, tu ne les termines pas. Tu refuses tout ce qui est trop sucré ou salé, ou même gras. Bref, je ne dis pas ça en mode je t'engueule, ce n'est pas mon rôle. Juste, est-ce que je peux faire quoi que ce soit pour t'aider face à tes TCA ?

Je plonge ma main dans l'emballage et en sors plusieurs chips, que j'enfonce dans ma bouche. Sans même les mâcher, je réponds :

— Che n'ai pas de chouchis avec la nourriture.

— Lou, rétorque-t-elle.

Sa voix sérieuse brise ma tentative stupide de nier les faits.

— OK, j'avoue, j'ai quelques soucis avec la bouffe, mais ce ne sont pas des troubles alimentaires. Les TCA, ça va être l'anorexie, la boulimie, tout ça. Ce que j'ai n'est pas si grave, donc je n'ai pas de troubles.

Elle secoue la tête. Je suis bien consciente que mes paroles ne tiennent pas la route, toutefois, je n'ai ni besoin d'aide ni l'envie d'aller mieux. Tant que j'arrive à vivre à peu près correctement, cette situation ne représente pas un réel problème à mes yeux.

— Il existe une multitude de troubles alimentaires, pas juste les deux que tu as cités. Ce n'est pas parce que tu nies le problème qu'il cesse d'exister.

J'aurais presque préféré tomber sur une personne un peu moins bienveillante.

— Je ne me sens pas prête à parler de ça, désolée.

— T'inquiète, tu as le droit. Mais si jamais tu as besoin de parler, je serai là pour t'écouter, même quand je rentrerai au Québec.

— T'es un amour.

— On me le dit souvent.

Je lui frappe le bras sans force, Nika éclate de rire. Chaque fois, elle respecte mes limites, ne remet pas en question mes émotions, même quand elle ne les comprend pas. Cette fille est exactement le genre de personnes que j'aurais dû rencontrer plus tôt.

Chapitre 30

Lou

J'accueille Nika avec une magnifique tarte à la fraise. Le front plein de sueur, l'air fatigué, elle ne la remarque d'abord pas. Son casque collé aux oreilles, visiblement perdue dans ses pensées, elle laisse tomber son sac plein de livres contre la porte d'entrée et retire ses chaussures à l'aide de ses propres pieds. Dans l'espoir d'attirer son attention, je décide de secouer la pâtisserie devant son visage rose.

— J'ai cherché une recette pour faire en sorte qu'il n'y ait pas de sucre, à part celui des fraises ! Comme ça, on pourra manger toutes les deux le gâteau !

Cette fois, ses yeux s'illuminent. Elle bondit sur moi et me serre fort contre elle avant de me bombarder la joue de petits baisers.

— C'est génial ! s'exclame-t-elle. Je vais chercher des assiettes, et on mange ça ?

Question rhétorique, elle se précipite vers la cuisine et ramasse des couverts.

Ce n'est pas le fait de goûter une tarte qui la rend si heureuse, mais de voir que j'essaye de trouver des solutions pour régler mon rapport à la nourriture. Même si je mange peu, uniquement des repas sans sucre ou gras, ce gâteau marque déjà une progression.

— J'ai acheté plein de livres à la librairie, m'explique-t-elle, un couteau de pain à la main. J'ai vu que plein d'éditeurs commencent à faire des livres brochés avec du jaspage, je trouve ça trop joli.

— Du quoi ?

— Feur. Des couleurs sur les tranches des livres.

J'ai du mal à visualiser la chose, alors je fouille dans son *tote bag*. Entre une romance, une fantasy avec des couleurs de flammes, j'aperçois un livre de science-fiction, ou dystopie, je ne sais pas trop. Lui aussi contient un jaspage aux couleurs bleutées.

Derrière moi, j'entends Nika couper les parts du gâteau. Elle les pose sur les assiettes, qu'elle emporte jusqu'à l'entrée, où elle les dépose sur le sol. J'attrape l'une d'elles et goûte à ma tarte, surprise par l'agréable goût de celle-ci.

— Faudrait que j'en fasse plus souvent, je commente tout en mâchant.

— Je suis bien d'accord, c'est délicieux ! Merci, merci !

Nika me reprend dans ses bras. Elle sent la transpiration et maintenant, la fraise. Je ne sais pas trop ce qui me prend, je décide d'un coup de lui mordiller les oreilles.

— Eh !

— Désolée, j'ai cru que t'étais une tarte à bouffer... Genre, miam, un gâteau à la Nika.

Pour accentuer ma preuve d'affection, je passe à son cou. Enfin, à ce niveau, je me contente de déposer quelques délicats baisers supplémentaires.

— Si c'est une manière étrange de dire que t'as envie qu'on couche ensemble, ne fais plus jamais ça.

— Ce n'était pas mon idée de base, mais maintenant que tu l'as mentionné, je ne suis pas contre.

Un sourire étire les lèvres de Nika. Cette fois, c'est elle qui m'embrasse, avec tant d'aplomb et d'assurance que ça en devient presque brutal. Pas préparée à tant d'énergie, je glisse sur le sol et me cogne contre la porte derrière.

Au lieu de s'inquiéter, Nika se moque de moi. Vexée, je tourne la tête et croise les bras, l'air de bouder. Elle comprend qu'il ne lui reste qu'une seule manière de se faire pardonner : me serrer contre elle et reprendre ses gestes d'affection. Elle recommence donc, cette fois, en risquant des actions plus osées. Elle laisse glisser sa main le long de mon corps, s'attardant sur chaque courbe, chaque creux. Aussi taquine que d'habitude, elle décide de me chatouiller les côtes, ce à quoi je réponds par un coup de pied incontrôlé.

— Putain ! s'écrie-t-elle dans un bond en arrière. Pourquoi tu m'as pas dit que t'étais si sensible ?

— Parce que je ne pensais pas que t'étais une traîtresse qui allait me faire des guilis dans un moment pareil ?

— C'est mal me connaître.

À présent préparée à ce que je me défende, elle reprend ses chatouilles sur tout mon corps. Le creux du cou, les hanches, les aisselles, elle repère en moins d'une minute tous mes points faibles. Entre quelques rires, je lui demande d'arrêter, ce à quoi elle répond par un visage sadique.

— Je te déteste !
— Oh, non, comment vais-je survivre à présent ? s'exclame-t-elle avec un air extrêmement théâtral.
— Tu peux te faire pardonner... À une condition.
Ses lèvres s'étirent.
— Laquelle ?
Sous les yeux tout ronds de Nika, j'attrape sa main droite et la mène jusqu'à ma poitrine.
— Reprendre ce qu'on a commencé, de manière pacifique de préférence.
— T'es obsédée du cul, en fait.
— Je viens d'avoir une longue et dure journée, à travailler, puis à te préparer une bonne tarte... J'ai bien le droit à ça.

Nika ramasse nos tartes et se lève. Elle dépose les pâtisseries au-dessus du meuble à chaussures, puis croise les bras et me regarde de haut.

— OK, mais je préférerais qu'on fasse ça dans un endroit plus agréable que l'entrée de ton appart.

Partageant son avis, je me redresse à mon tour. J'entrelace mes doigts à ceux de Nika et l'emmène dans ma chambre. Dans un coup de pied, elle ferme la porte derrière nous, sûrement pour se sentir plus à l'aise, même si nous sommes seules. Elle ne laisse plus place ni à sa gêne ni à sa timidité, elle me guide jusqu'au lit et me retire mon crop top.

La nudité m'a souvent gênée, même lors des rapports sexuels. Je n'aime pas mon corps, je l'associe à de mauvais souvenirs, encore plus ma poitrine. Souvent, je fais en sorte de garder mon haut. C'est juste mental, mais ça m'aide à me sentir moins vulnérable. Pourtant, le fait de me dévoiler à Nika ne me gêne pas. Elle a beau m'embrasser tout en glissant sa main autour de ma poitrine, je me sens parfaitement à l'aise.

J'ai confiance en elle, parce que je sais que jamais elle ne me fera de mal. Toujours, elle respectera mes limites, et jamais elle ne violera mon intimité.

Nika glisse ses doigts sur mes tétons, c'est agréable, c'est sensible. Toutefois, elle ne s'attarde pas sur cette partie de mon corps, consciente que ce n'est pas celle qui apporte le plus de plaisir. Comme la dernière fois, elle descend ses baisers tout le long de mon ventre, jusqu'à atteindre le tissu de mon pantalon.

— Ça va ?
— Je profite tranquillou.

Nika éclate de rire et fait glisser mon bas. J'étire mes jambes pour l'aider et, en quelques mouvements de pied, je le balance à l'autre bout de la chambre. Dans un geste presque timide, elle dépose un rapide baiser sur le haut de mon sous-vêtement, puis remonte pour m'embrasser le visage. Tandis que nos lèvres et nos salives se mélangent, elle promène ses doigts autour de mon entrejambe, sans jamais s'y attarder, assez sadique pour juste augmenter mon désir.

Ce qui est génial avec Nika, c'est que sa présence dans ma vie me fait du bien physiquement et mentalement. Ces derniers jours, j'oublierais presque ma visite chez Violette et notre dispute. Demain encore, j'emmènerai Nika loin d'elle et lui ferai découvrir Toulouse. Pour ce soir, je profite des plaisirs qu'elle sait si bien m'accorder.

Chapitre 31

Nika

— Nika, tu fous quoi ?

J'ajoute un peu plus de pâte sur la poêle. Je la penche dans tous les angles pour qu'elle s'étale uniformément, refusant de rater le petit déjeuner.

Derrière moi, je sens le souffle de Lou caresser ma nuque.

— Des pancakes délicieux que t'as intérêt à manger ! j'explique. Au moins un petit bout.

Elle me serre contre elle en guise de réponse. Trop concentrée sur la cuisson, je ne lui rends pas son geste, ce qui me vaut un coup de pied assez mou contre le mollet.

— Eh ! Ça fait mal !

J'aime exagérer. Lou me prend déjà assez pour une *drama queen*, alors autant entretenir ce rôle. Il l'amuse et, ce qui compte, c'est de la rendre heureuse.

— Ouais, ça doit être ça, murmure-t-elle. Mais tu sais, tu n'étais pas obligée de préparer à bouffer, je voulais qu'on mange à Toulouse.

— Alors on mangera deux fois ce matin !

Je l'entends soupirer, bien qu'elle ne proteste pas. Je profite de fait qu'elle me libère enfin de son emprise pour placer le dernier pancake sur l'assiette bien remplie. Lou le pique aussitôt et l'enfonce dans sa bouche. Mine de rien, je suis contente de la voir manger, même si ce n'est qu'un seul pancake.

— J'ai regardé s'il y avait des musées qui pouvaient être intéressants pour toi. Alors, on a…

Je n'écoute que d'une oreille les plans de Lou. D'abord, parce que j'ai confiance en ses itinéraires. Aussi, le son de la cafetière m'empêche d'entendre toutes ses paroles. Je me contente alors de hocher la tête lorsqu'elle prononce un mot plus fort que les autres, ce qui semble la satisfaire.

— Purée, elles sont délicieuses tes pancakes… Attends, c'est masculin ou féminin comme mot ?

Je hausse les épaules tandis que Lou en attrape un second. Son visage joyeux me réchauffe le cœur. Peut-être que je me fais des illusions, en tout cas, je crois que ma présence l'a changée. Du moins, lorsque je l'ai rencontrée, elle ne paraissait pas aussi épanouie.

— On s'en fout du genre d'un pancake, mangeons-le juste, je décide de conclure.

Alors que Lou s'apprête à répondre, un son au niveau de la porte nous interrompt. Les coups se font de plus en plus intenses et impatients. Je me précipite donc vers l'entrée et ouvre. Pas vraiment coiffée ni même bien habillée, la personne de l'autre côté du palier fera face à une version tout juste réveillée de moi.

Derrière la porte se trouve une fille aux cheveux blonds et ondulés, extrêmement cernée. Je reconnais le visage de la photo de profil qui commente souvent les publications Instagram de Lou ; c'est Violette.

— Oh… Coucou, je prononce, étonnée par cette visite soudaine.

Elle ne répond pas. À la place, elle plonge sa main dans son sac et en sort un objet brillant. Elle ne me laisse pas le temps de comprendre de quoi il s'agit qu'elle l'avance brutalement vers moi. Par chance, je recule à temps pour éviter la lame du couteau.

Violette retente son coup, cette fois, elle glisse l'arme à quelques centimètres de mon visage. Elle hurle des paroles que l'adrénaline rend incompréhensibles. Dans tous les cas, mon corps est trop occupé à garantir ma survie pour réfléchir.

À chaque pas de Violette, je bondis en arrière, jusqu'à ce que je percute des chaussures, ce qui me fait chuter. Mon cœur cesse de battre, la panique s'installe dans mes pensées. Au sol, je manque d'agilité, Violette réussira son coup.

— Violette ?

Je reconnais enfin la voix de Lou. Elle se place entre son amie et moi, la poêle à pancakes entre les mains.

— Lou, j't'ai dit qu'il fallait la but…

— Et moi, je t'ai dit que je ne le ferais pas, bordel !

Lou lève son arme improvisée, menaçant ainsi son amie, qui ne recule pas pour autant. Elle enroule avec force ses fins doigts manucurés autour du couteau. L'espace d'une seconde, je croirais presque qu'elle s'apprête à lâcher la lame, impression qui se fit vite remplacer par de la terreur lorsqu'elle bondit sur moi.

La peur m'immobilise, je ne peux rien faire d'autre qu'observer son visage plein de rage.

Mon instinct de survie inexistant va me guider droit vers la mort.

J'ai beau ordonner à mes jambes de bouger, elles refusent, tout comme mes bras.

Violette enroule sa seconde main autour du manche du couteau et le surélève. Avant qu'elle ne puisse agir, Lou lui donne un violent coup de pied au ventre, elle roule sur le sol. Je n'entends pas tout ce que me dit Lou, je comprends juste qu'elle m'ordonne de me réfugier dans sa chambre et de fermer la porte à clé.

— Il faut qu'on appelle la police !

— Non, surtout pas ! Violette leur avouera tout par vengeance.

Je n'argumente pas plus, surtout que je remarque que Violette s'appuie sur ses bras pour se relever.

Je cours jusqu'à la chambre, fais glisser la poignée sur le côté et, comme une enfant jouant à cache-cache, me faufile sous le lit. Allongée sur le parquet, mon rythme cardiaque s'affole, battant à toute vitesse. Je croirais presque que mon cœur percute mon torse et essaye de fuir.

De l'autre côté de la porte, je reconnais la voix des deux filles, qui hurlent l'une contre l'autre.

Des larmes s'accumulent dans mes yeux, mes bras tremblent. J'ai peur, bien sûr que je suis terrifiée : quelqu'un a l'intention de me tuer. Aussi, ma claustrophobie sous un si petit espace n'aide pas à calmer mes pensées.

Malgré le conseil de Lou, je sors mon téléphone et y indique le numéro des autorités locales, juste au cas où. Je profite du peu de « tranquillité » de cette cachette pour ouvrir WhatsApp.

J'envoie un message à ma mère parce qu'au fond, elle est tout ce qui me reste. C'est la première personne à qui j'ai pensé, et peut-être la dernière. Elle n'a jamais été parfaite, loin de là, mais elle a fait ce qu'elle a pu, en tant que mère célibataire qui n'a pas eu une enfance simple. Si quelqu'un doit être au courant de ma mort en premier, c'est bien elle.

Depuis que je suis arrivée en France, je ne lui ai pas donné de nouvelles. Elle ne sait rien à mon sujet, et si je meurs aujourd'hui, elle l'apprendra en même temps que tous les autres.

Nika : Maman, je suis en dang…

Je supprime le message, craignant qu'il ne l'inquiète et qu'elle appelle la police. Dehors, j'entends les pas des deux filles se rapprocher.

Nika : N'appelle pas la police, je pourrai me débrouiller seule. Je voulais te préve…

Celle que je suppose être Violette frappe la porte de toutes ses forces. Je glisse ma tête hors du lit et l'observe se déformer à cause des coups de pied. Je supprime le début de message, je me contente de quelque chose de plus simple.

Nika : Même si c'est compliqué, je te remercie pour tout.

Mes doigts tremblent.
Violette crie.
Elle ne martèle plus la porte.
Une voix masculine intervient dans tout ce chaos.
Lou me demande de sortir de la chambre. J'obéis, j'ai confiance en elle.

Un homme plutôt âgé surveille Violette, assise sur le canapé. Autour de la ceinture de l'inconnu, je distingue la silhouette d'un pistolet.

Je fronce les sourcils, je pensais qu'on ne devait pas prévenir la police. Lou, qui remarque ma perplexité, s'approche de moi.

— C'est le voisin de dessous, celui qui entend tout et frappe le plafond. Il est ancien flic, je sais pas s'il a légalement le droit, mais il garde un flingue sur lui.

— Wow… Il vient de me sauver la vie ?

Elle hoche la tête. Impressionnée et, surtout, reconnaissante, je m'approche de l'homme. Il ne lâche pas du regard Violette, qui baisse les yeux. On croirait presque voir une gamine qui s'est fait choper alors qu'elle volait des bonbons.

— Vous voulez que j'appelle la police ou vous préférez régler ça entre vous ?

Il s'adresse à Lou d'un air presque blasé.

— Entre nous, répondent en chœur les deux *anciennes* meilleures amies.

— Bien. Je vous fais confiance pour ne pas vous entretuer, mais au moindre son suspect, j'ai le 17 déjà écrit sur mon téléphone.

Il indique son portable, puis tourne le dos aux filles. L'air de rien, il range ses mains dans les poches de son jean et se tourne vers moi.

— Et toi, il serait peut-être préférable que tu restes chez moi le temps qu'elles règlent leurs p'tits soucis.

Je me force à lui sourire et le suis lorsqu'il rejoint la cage d'escalier. Tandis que nous descendons, je n'ose prononcer aucun mot, encore désorientée à la suite de cette tentative de meurtre.

Purée. Un meurtre. J'aurais pu y passer.

L'homme glisse paisiblement les clés dans sa porte et l'ouvre, dévoilant un salon déjà plus grand que tout l'appartement de Lou.

— Pourquoi elle a essayé de te tuer ? me demande-t-il. Jalousie entre filles ?

— On va dire ça, je mens.

Il soupire.

— De là à essayer de tuer une innocente, elle doit avoir un sacré pet au casque.

— Ça oui ! J'ai jamais vu quelqu'un d'aussi enragé, c'était flippant. Je n'ai pas vu ma vie défiler, mais j'ai pensé à ma mère, donc on n'est pas si loin !

L'homme m'accorde enfin un sourire avant de me proposer un verre d'eau. J'ai besoin de me changer les idées, et une bonne gorgée m'aidera peut-être. En deux semaines, deux personnes sont venues me voir avec l'intention de me tuer. Lou a vite changé d'avis, toutefois, Violette semblait déterminée.

Sans l'aide de Lou, je n'aurais pas tenu bien longtemps.

À l'heure qu'il est, je serais morte. Peut-être même que je serais encore en train de perdre tout mon sang, sentant mon corps s'engourdir et se refroidir.

Cette pensée me donne envie de vomir.

— Ces derniers jours, ma vie est devenue un grand bordel, je souffle presque pour moi-même.

— On doit supporter des périodes chaotiques, c'est ce qui nous permet de grandir.

De là à subir un traumatisme pareil, je préférerais ne pas grandir. Cependant, je sais que ce commentaire se veut bienveillant, alors je souris. On a essayé de me tuer, et cet homme agit comme si c'était normal.

— Si ça peut te rassurer, j'étais gendarme jusqu'à il y a peu. Je vais passer le nom de la blonde à mes anciens collègues, *au cas où*. Je peux aussi t'accompagner pour porter plainte si ça te fait peur.

Je secoue poliment le crâne.

— Non, non, je ne veux pas… Je suis sûre qu'elle ne réessayera plus.

Surtout, ça séparerait les deux filles, et je n'ose pas imposer la fin de cette amitié.

— J'espère juste que les deux vont réussir à trouver un terrain d'entente et à calmer les tensions. Elles étaient amies depuis des années, techniquement, même des décennies. Je ne veux pas tout foutre en l'air par ma simple présence.

— Si leur amitié ne tenait plus qu'à toi, c'est qu'elle s'approchait déjà de la fin. Tu n'as pas à culpabiliser juste parce que vous êtes en couple.

— Hein ? Je ne suis pas avec Lou !

Le voisin laisse s'échapper un petit rire avant de reprendre son sérieux.

— Je suis peut-être un vieux *boomer* insupportable, mais pas stupide.

— Ouais, j'avoue, j'ai des sentiments pour elle. Mais Lou ne s'intéresse pas à moi.

Le voisin pointe du doigt le plafond, je l'entends effectivement grincer sous les pas des deux filles.

— Elle ne s'intéressait pas, ou bien craignait-elle l'autre tarée ? Quand vous aurez réglé cette histoire, rediscutes-en.

Meurtre

Violette a toujours eu un penchant pour la violence. Depuis qu'elle est petite, elle l'imagine comme étant la solution à ses problèmes. Malgré l'environnement sain et stable dans lequel elle a grandi, cette option lui a semblé la plus logique et cohérente.

Mais Violette déteste se salir les mains. Lors des travaux de groupe, elle délègue toujours les tâches et se contente d'occuper le beau rôle. Les gens s'en plaignent peu, sa sympathie permet de leur faire oublier ce trait de sa personnalité. Puisque Violette parle bien, s'intéresse aux autres et essaye toujours de leur remonter le moral, on l'imagine vite comme une bonne personne. Tout ça est étonnant, puisqu'elle partage ses pensées sombres sans aucune gêne. À Lou, bien sûr, mais pas seulement. Aussi à ses camarades de la fac, à ses anciennes amies du lycée, à peu près tous les gens prêts à l'écouter sans croire en ses désirs de violence. Elle les cache derrière de l'humour, assez pour semer le doute entre blague et réalité.

La différence majeure entre sa meilleure amie et ses autres connaissances est que Lou la comprend. Elle sait que Violette n'exagère pas, qu'elle ne se contente pas de lancer des plaisanteries. Elle espère la mort de tous ces gens, elle rêve d'une vengeance digne de ce nom.

En tant que bonne meilleure amie, Lou fera toujours ce qui permettra à Violette de se sentir bien. Étant donné que les deux filles partagent le même traumatisme, la même haine envers cet homme, elles se sont dit qu'elles pourraient s'aider mutuellement. Violette devient le cerveau du plan, Lou l'applique.

Il n'est pas question de manipulation, ça a été *trop* simple pour que ça en soit. Elles sont toutes les deux d'accord, consentantes, prêtes à assumer les conséquences.

Du moins, Lou, oui. Violette, bien plus maligne que son amie, a établi tout un plan pour faire en sorte de toujours être innocente. Les sacrifices de Lou la touchent, elle met en péril sa vie et sa liberté pour se débarrasser d'hommes violents et dangereux. Elle admire son amie. Juste, contrairement à elle, Violette ne se sent pas capable de sacrifier ses années d'études ni son avenir de rêve. Elle s'imagine déjà avoir un travail de bureau classique à Toulouse, assez pour lui garantir une vie sans danger ni pauvreté. Après tout, elle n'est pas restée cinq années à l'université pour rien. Alors, elle a beau adorer sa meilleure amie, ce n'est pas pareil. Sa vie est assez fade, sans réel projet d'avenir, pour qu'un passage en prison ne soit pas une grande perte.

Après tout, elle a déjà perdu. Le commencement de sa vie est déjà trop merdique pour qu'elle puisse le rattraper : ni études, ni famille, ni argent. À quoi bon insister ? Son amie lui Manquerait si elle terminait en prison, mais pour Lou, ce ne serait pas si grave.

    Violette, elle, a encore toute une vie à vivre. Violette, elle, souhaite réaliser tous ses rêves, voyager à travers toute la planète, vivre une belle histoire d'amour, devenir célèbre. Violette, elle, peut être utile à la société, alors que Lou, ce n'est qu'une caissière.

    À présent, Violette angoisse, car sa stabilité est menacée. Si son amie la déteste, elle pourra les faire couler, *toutes les deux*. Si son amie se fait arrêter par la police, elle sera la prochaine sur la liste. Violette regrette, non pas d'avoir brisé le cœur de sa meilleure amie, ni même de la perdre. En réalité, elle s'en veut de ne pas avoir choisi une personne plus simple à garder sous son emprise.

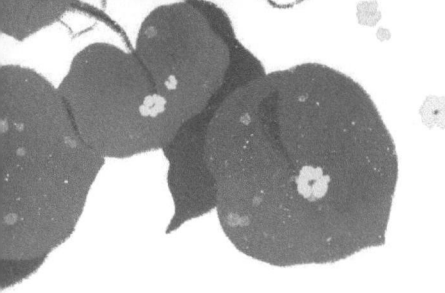

Chapitre 32

Lou

Je tends une tasse de café à Nika, qui l'approche aussitôt de sa bouche. Aucune de nous n'ose commenter ce qui s'est passé plus tôt dans la journée.

J'ai raisonné Violette, qui a enfin compris que Nika ne représentait aucun danger, à la fois pour notre relation et notre liberté. Elle s'est excusée, tout en manquant de sincérité, sans doute qu'elle l'a fait pour éviter de *trop* nuire à notre amitié. Alors, pas convaincue, je lui ai fait part de ma volonté de prendre mes distances.

Peut-être que, comme elle me l'a dit, je n'arriverai pas à me faire d'autres amis.

Pour être honnête, je n'y crois pas. Ma rencontre imprévue avec Nika m'a prouvé que ce n'était pas impossible.

En fait, maintenant, je peux même recommencer ma vie avec des bases plus saines. Un tableau blanc sur lequel je pourrai dessiner l'avenir dont je rêve réellement, sans meurtres ni violence. Juste Nika, notre rêve de bande dessinée et plein de pancakes.

Je prends conscience que je n'imagine plus mon avenir sans elle. En si peu de temps, elle fait déjà partie intégrante de ma vie. C'est juste… incroyable.

— On va toujours à Toulouse aujourd'hui ?

La question de Nika me surprend. J'aimerais passer du temps seule avec elle, mais si ce dont elle a besoin pour se changer les idées, c'est d'une bonne balade, alors je suis partante.

— T'en as envie ?

— J'ai hâte de découvrir ces fameuses glaces à la violette !

*

Malgré la foule, Nika se sent dans son élément dans cette ville. Entourée des bâtiments aux briques orangées, parce que soyons clairs, ce n'est pas du rose, elle contemple les coins de rue. Son regard s'attarde sur toutes les devantures de commerce. Curieuse alors qu'elle a déjà visité Toulouse, je comprends que ma simple présence suffit à contribuer à son enthousiasme.

— Alors, elles sont où tes glaces ? J'ai super faim !

— Mais t'es un estomac sur pattes, c'est pas possible.

— Ouais, c'est exactement ça. Je ne vis que pour manger.

J'attrape sa main et l'emmène dans une petite rue derrière l'arrêt de métro Capitole. Là-bas, je reconnais une boutique à la devanture décorée de fausses fleurs roses et blanches. Je m'y suis déjà arrêtée avec Violette. On profitait de savourer les glaces pour discuter, à l'époque, des derniers potins du lycée, puis en grandissant, pour nous plaindre respectivement de la fac et du travail.

Aujourd'hui, j'y retourne sans elle. À la place, j'ai la compagnie bienveillante de Nika.

Le commerce ne contient pas vraiment d'intérieur réservé à la clientèle, on peut uniquement commander et espérer trouver un banc libre quelque part. Je m'approche donc du comptoir, où je reconnais la même femme que toutes les autres fois. Celle-ci semble aussi se souvenir de mon visage, puisqu'elle me lance un immense sourire chaleureux.

— Bonjour ! s'exclame-t-elle.

— Coucou ! Je venais pour une glace à la violette et pour elle, une à…

Je jette un coup d'œil à Nika, qui n'hésite même pas une seconde.

— Je prends toujours les mêmes goûts, c'est mon habitude casse-pieds. Mais du coup, une boule vanille et une boule café, s'il vous plaît.

La femme effectue un geste de tête nous indiquant qu'elle a bien entendu nos choix et attrape un pot. Elle y place une immense boule de couleur lilas clair et me la tend. Je la saisis et, sans attendre Nika, enfonce ma cuillère dans la glace et la ramène jusqu'à ma bouche. Le goût frais et sucré de la fleur me fait un bien fou et, surtout, me rappelle qu'il faudrait que j'achète plus souvent du sirop de violette.

La glace de Nika arrive tout aussi vite. Elle profite de mon inattention, trop occupée à savourer la mienne, pour payer. Je m'en rends compte lorsqu'on s'éloigne du commerce, à la recherche d'un peu d'ombre où se poser.

— Attends, c'est toi qui as pa…

— Faisons genre que c'est mon loyer pour rester chez toi.

Je lâche un grand sourire et, préférant manger, ne riposte pas. Au bout de la rue, je repère une petite place au centre de laquelle quelques arbres cachent le soleil, je me dépêche de m'y installer. Nika, plus lente et posée, me rejoint au bout d'une longue minute. Elle s'adosse contre l'immense tronc et étire ses jambes pile sur la trajectoire de l'ombre.

— Je prends des coups de soleil hyper vite, je ne pense pas que tu aies envie de me voir devenir toute rouge et cramée.

— Mais le soleil n'est pas si intense aujourd'hui ? je m'étonne.

— Ma mère est ukrainienne et de ce que je sais de mon père, vu qu'il est mort quand j'étais petite et que ma mère m'en parle jamais, il était russe. Je n'ai pas vraiment les gènes pour résister aux UV.

— Effectivement, présenté de cette manière. Mon père était portugais et ma mère libanaise, alors même si je suis assez claire de peau, je suis habituée au climat méditerranéen.

Nika ne répond pas. Elle plonge sa cuillère dans la crème glacée, elle s'amuse à mélanger les deux goûts, créant un dégradé mal diffusé entre le beige clair et le marron.

— Je ne savais pas que t'étais libanaise.

— Je ne le suis pas vraiment. Ma mère ne m'a jamais présenté sa culture et, jusqu'à peu, je la rejetais par haine de ma famille.

— Oh… Je vois, j'ai longtemps été pareille. Comme j'ai longtemps eu la sensation que ma mère ne m'aimait pas, je rejetais tout ce qu'elle aimait un peu par contradiction. Son pays d'enfance en faisait partie.

À présent, je comprends mieux ce que Nika disait à propos de nos ressemblances lorsque nous ne nous connaissions pas encore : elle m'avait cernée à une vitesse folle. Toutes les deux, on a des rapports compliqués à notre famille alors, même si on ne détaille pas explicitement notre passé, on se comprend.

— Pourquoi tu as fugué de chez toi si jeune ?

La question me prend de court, bien qu'elle reste dans le thème. Nika sait qu'elle était peut-être trop personnelle, puisqu'elle détourne le regard et le pose à la place sur la devanture d'un magasin de vêtements. Pourtant, aujourd'hui, j'ai le courage de répondre.

— C'était une accumulation. Officiellement, c'était après mon coming out. Officieusement, après que ma mère m'a empêchée de sortir de ma chambre pendant trois jours, parce qu'elle a fouillé dans mon téléphone et trouvé que, drame, j'avais un début de vie sexuelle au lycée. Et quand je dis sortir, c'est vraiment, elle ne me laissait même pas aller aux toilettes. Violette m'a assuré qu'il fallait que je parte, alors je l'ai fait. Je me suis réfugiée chez elle et j'ai cherché un petit boulot pour vite prendre mon propre appartement et ne plus dépendre d'elle.

— Et donc, ça t'a poussée à arrêter le lycée avant le bac, comprend Nika.

Je hoche la tête.

— Je suis contente de voir que tu t'en sors bien

aujourd'hui, ajoute-t-elle. Enfin, dans la limite de bien à ton échelle.

Je glisse à ses côtés et dépose ma tête sur son épaule droite. Comme si elle attendait l'occasion, elle enroule ses bras autour de moi.

— Ma mère ne m'a jamais voulue, m'avoue-t-elle d'une voix presque inaudible. J'étais un accident qui a foutu en l'air sa vie. Maintenant, j'essaye par tous les moyens de la rendre fière en réussissant sur Internet. Enfin, c'est un milieu qu'elle ne connaît pas trop, donc elle s'en fiche un peu. Bref. Ce matin, j'ai vraiment cru que j'allais y passer, alors je lui ai envoyé un message.

Elle se tait plusieurs secondes. Elle remue la glace fondue au fond du pot, moyen de s'occuper les mains.

— Ça fait un mal fou d'aimer quelqu'un et de savoir qu'en retour, cette personne ne nous aime pas autant. Je sais que ma mère tient à moi, mais pas autant que je tiens à elle. À mes yeux, elle est tout, celle que je préviens en premier quand je suis à deux doigts de crever. De son côté, si elle mourait, elle ne m'accorderait même pas une pensée.

— Nika…

Elle me serre un peu plus fort contre elle et enfonce sa tête dans mes cheveux.

— Désolé, je ne sais pas pourquoi j'ai lâché ça comme ça, sans prévenir.

— T'as aussi le droit de ressentir le besoin de te confier à des moments, tu sais ? Ça ne marche pas que pour moi, toi aussi, tu as vécu une vie et tu as des émotions à exprimer.

Elle se redresse. Elle alterne plusieurs coups d'œil entre sa glace et moi.

— Bon, euh... C'est devenu une soupe.
— Tu veux me dire quelque chose d'autre, hein ?
— Comment t'as compris ?
— Parce que si c'est pour dire un commentaire aussi inutile, tu préfères te taire. Alors, dis-moi, Nika, qu'est-ce qui te tracasse ?

Un léger coup de vent emporte mes cheveux sur mon visage, me forçant à fermer les yeux. Lorsque je dégage les quelques mèches et réouvre mes paupières, j'aperçois Nika triturer sa cuillère en carton. Elle la plie en deux, l'enroule entre ses doigts, essaye de la déchirer.

Autrement dit, elle angoisse.

— J'ai un peu le même sentiment avec toi, confie-t-elle enfin. L'impression que tu ne m'aimes pas autant que moi. Tu n'y peux rien, c'est pas de ta faute, je n'ai pas envie de te faire culpabiliser ou quoi... Mais ça me déprime un peu.
— T'essayes de me dire que t'es amoureuse de moi ?
— Je crois.
— Bah purée, t'es plus douée pour remonter le moral que pour exprimer tes émotions.

Elle laisse s'échapper un rire gêné, mais sincère. Je comprends cependant qu'elle a besoin d'une réponse claire pour ne pas espérer ou, au contraire, se démoraliser.

— Je t'aime fort aussi, j'avoue. Pour être honnête, je ne comprends pas trop l'amour, en tout cas, ce dont je suis certaine, c'est que je ne suis pas contre l'idée d'être un jour en couple avec toi. Enfin, là, c'est peut-être moi qui me projette un peu trop.

— Non, t'inquiète, je ne suis pas contre l'idée d'un jour parler de toi en disant « ma copine ».

Je souris, elle aussi. Elle en profite pour m'embrasser rapidement, je lui caresse la joue en réponse.

— Je t'aime, Lou.
— Je t'aime aussi, choupette.

Chapitre 33

Lou

Nika se laisse tomber sur le canapé. Elle retire ses chaussures et les balance dans l'entrée, je les esquive en plein vol.

— Sympa la tentative de meurtre, j'ironise.

— Eh, la seule qui peut dire ça aujourd'hui, c'est moi.

La décontraction avec laquelle elle en parle me surprend. Je ne l'imaginais pas vivre aussi bien cet événement. Je suppose que pour l'instant, elle évite de trop y penser.

— S'cuse-nous. Bon, moi, je pars me doucher, salut.

Elle hoche la tête et me suit du regard jusqu'à ce que je m'enfonce dans la salle de bain. Je me déshabille en vitesse et glisse dans la douche, sans attendre que l'eau se réchauffe. En fait, j'ai besoin de fraîcheur pour m'aider à me remettre les idées en place après cette drôle de journée.

L'eau glisse sur ma peau, puis mousse au contact du savon à la grenadine. L'odeur remonte jusqu'à mes narines, j'inspire avec force.

Aujourd'hui, je me sens propre.

Même si j'ai coupé les ponts avec ma meilleure amie. Même si on s'est disputées et bagarrées. Même si Nika a failli mourir par ma faute. J'arrive à me focaliser sur l'aspect positif de la situation : ma relation avec elle ne s'est jamais aussi bien portée et surtout, je vais pouvoir recommencer ma vie.

— Lou !

La voix de Nika m'arrache de mes pensées.

— Ouais ?

— J'ai laissé mon téléphone dans la salle de bain, tu peux me le passer, s'il te plaît ?

Je lâche un long soupir, pas certaine que cet oubli soit involontaire. Je m'extirpe de la baignoire et me dépêche de passer une serviette autour de mon corps. J'aperçois effectivement son portable abandonné sur l'évier, près du savon solide. Curieuse, j'appuie sur le bouton pour l'allumer et fais face à son écran d'accueil. Une illustration d'un chat jouant avec des nœuds et des bonbons. L'image colorée, au style cartoonesque, est plutôt mignonne. Toutefois, mon attention est monopolisée par une notification.

Maman : Je suis désolée de ne pas avoir été à la hauteur. Tu as envie qu'on se voie ?

Je souris d'un air un peu bête et ouvre la porte. Je tends le téléphone à Nika, qui me l'arrache presque d'entre les mains.

— Qu'est-ce qu'il y a ?

— Je dois vérifier un truc pour le travail, m'explique-t-elle d'un ton déjà plus détendu.

— Oh, d'accord. Ta mère t'a laissé un message assez mignon si jamais ça t'intéresse.

Elle baisse les yeux et lit la notification sur l'écran. Son visage s'illumine aussitôt.

— Changement de plan, je pars appeler ma mère.

Elle s'avance au niveau de la cuisine et me laisse seule. J'en profite pour me glisser dans ma chambre et fouiller dans mon armoire à la recherche d'une tenue légère. Je finis par enfiler un t-shirt trop grand que j'utilise surtout en tant que pyjama. À s'y méprendre, il passe presque pour une robe un peu courte. Depuis la porte ouverte, j'entends Nika, qui échange avec une voix féminine et assez belle.

Je trouve qu'elles utilisent les mêmes intonations de voix et tournures de phrases. Assez touchée par ce constat, je la rejoins dans la pièce de vie et m'assois sur le canapé. J'observe Nika effectuer mille pas entre le four et ma plante aux grandes feuilles.

— Oui, ça se passe super bien en France ! s'exclame-t-elle. J'ai aussi rencontré une fille sympa.

Elle parle de moi à sa mère.

Elle parle de moi à sa mère.

Elle parle de moi à sa mère.

Mon cœur s'emballe plus qu'il ne le devrait. Je savais déjà que je comptais à ses yeux, mais chaque preuve d'affection me touche autant que la première. Encore une fois, parce que je n'ai pas l'habitude d'en recevoir, encore moins des si sincères.

— Oui, je suis partante pour qu'on se voie quand je rentre au Canada. Ouais, on se fait ça. Je t'enverrai un message quand j'y serai. Je suis contente aussi !

Sur cette dernière phrase, elle décolle son portable de son oreille et appuie sur l'écran. Elle lève la tête dans ma direction et m'adresse son magnifique sourire solaire, celui qu'elle fait si bien.

— Je crois que passer à deux doigts de la mort m'a permis de me rapprocher de ma mère, commente-t-elle.

— Écoute, si t'arrives à voir ça de manière positive, c'est la meilleure chose.

— Il faut, il faut, sinon je vais juste finir dépressive. Bref, ça fait du bien une bonne petite douche après cette journée, nan ?

Pour accentuer ses propos et aussi m'agacer, elle secoue sa tête dans tous les sens. Ses cheveux pas encore secs arrosent mes vêtements. Une armée de petites gouttes se dépose sur mon t-shirt et le transperce, humidifiant ma peau.

— Eh ! je m'exclame.

— Un souci ?

Elle fait exprès de prendre un air agaçant pour que je m'énerve. J'ignore sa provocation, je me lève juste pour la rejoindre et déposer un rapide baiser sur ses lèvres. Nika n'hésite pas, elle m'embrasse à son tour et me prend dans ses bras. Elle me serre tendrement contre elle, j'appuie ma tête contre son torse et entends son cœur battre.

Je ferme les yeux et profite de ce bruit comme s'il s'agissait d'une magnifique musique.

Nika, moins innocente que moi, glisse sa main jusqu'à ma fesse droite et l'agrippe. Elle serre sans trop de force, mais assez pour me faire comprendre son intention.

— Ça va, t'es à l'aise ? je plaisante.
— Parfaitement, m'assure-t-elle.
— Je te préviens, je n'ai pas envie de quoi que ce soit.
— T'inquiète, ça me va aussi alors !

J'aime que Nika soit aussi compréhensive. Ce n'est pas surprenant, c'est même le strict minimum, mais elle agit si naturellement que ça en devient agréable.

Chapitre 34

Nika

J'avale un des pancakes préparés hier. Malgré mes encouragements, Lou refuse d'en manger un. Je décide de ne pas insister par peur de l'agacer, je me contente alors de tous les savourer.

— D'ailleurs, Lou, j'ai pensé à un truc pour toi.

Elle lève les yeux de son téléphone et dépose sa tasse de café sur la table basse.

— Oui ?

— Si je te faisais travailler pour moi, genre pas que la bande dessinée, mais tout ce qui est créatif dans ma présence sur les réseaux sociaux, tu accepterais ? De ce que j'ai compris, tu maîtrises assez bien tous les logiciels de montage photo et vidéo, nan ?

Elle fronce les sourcils avant de répondre.

— Non, je ne veux pas travailler pour toi, même si l'idée a l'air cool.

Je me force à cacher ma déception pour ne pas la forcer à changer d'avis. Cependant, je reste curieuse face à son refus si rapide et, visiblement, catégorique.

— D'accord ! Mais pourquoi tu ne veux pas ?

— Parce que t'as beau être super sympa, tu deviendras ma patronne. Et surtout, ma patronne avec qui je serai en couple.

Elle lit à mon expression de visage que je ne saisis pas le rapport, alors, elle développe :

— Si tu me proposes un emploi, je dépendrai de toi. Donc, t'auras du pouvoir sur moi. Genre, si on se dispute dans le privé, rien ne t'empêche de faire en sorte que ça ait une répercussion sur mon salaire, mon travail, mon chômage. Je sais que t'es une meuf bien, c'est juste que par sécurité, je préfère dépendre d'un patron que je ne connais pas du tout.

Silencieuse, je baisse la tête. J'ai souvent trouvé les romances entre patrons et employés assez étranges, pas toujours malsaines, mais qui tendent à l'être. Si je combine ma position de cheffe d'entreprise connue, je possède effectivement un certain pouvoir sur Lou.

— Ouais, je vois. Je voulais juste trouver un prétexte pour t'aider à avoir un meilleur métier que caissière.

Lou se lève et me rejoint face au micro-ondes.

— Tu sais, caissière me convient comme métier. Évidemment, ce n'est pas ma profession de rêve. Juste, ce que je veux te dire, c'est que ça m'apporte une certaine stabilité. Pour l'instant, ça me correspond assez pour que je ne souhaite pas chercher d'autres emplois. Mais si tu veux, je peux essayer d'apprendre à utiliser des logiciels de montage tout en gardant ton offre dans un coin de ma tête.

— Oui !

Ma réponse trop enthousiaste amuse Lou, qui me lance

un immense sourire. Je sens qu'elle s'apprête à ajouter quelque chose d'autre, toutefois, un bruit sec à la porte l'interrompt.

Mon ventre se noue, je sens aussitôt le terrible goût de vomi remonter à travers ma gorge. Mon cœur s'emballe au fur et à mesure que je me rends compte que j'angoisse, parce qu'hier, à la même heure, lorsque c'est arrivé, on a essayé de me tuer. Lou se dirige à ma place vers l'entrée et fronce les sourcils lorsqu'elle découvre qui se tient à l'extérieur de son appartement.

— Nika, je crois que c'est pour toi. C'est la youtubeuse aux cheveux dignes d'une Targaryen.

La panique se dissipe. Je ne suis plus en danger. Il faut que je l'accepte.

— Merci du compliment ! s'exclame Céleste.

Lou se décale assez pour laisser passer ma collègue, qui se précipite vers la cuisine comme si elle avait deviné que je m'y trouvais. Aujourd'hui, elle porte des habits assez similaires à ceux de Lou : une jupe noire en effet faux cuir et un crop top de la même couleur. Une fois à ma hauteur, elle me chuchote à l'oreille des mots qui me terrifient presque plus que le couteau de Violette la veille.

— Faut qu'on parle de La Vengeresse et de ta copine.

Je lance un coup d'œil paniqué vers Lou, qui ne le remarque même pas ; toute son attention est attirée par son téléphone.

— O... Ouais ? Tu as trouvé quelque chose ?

Son silence veut tout dire. Elle enroule sa main autour de mon poignet et me force à la suivre jusqu'à la porte de la chambre de Lou.

— Lou, est-ce qu'on peut aller dans ta chambre pour parler seule à seule ? demande-t-elle d'une voix presque enfantine.

— Oui, bien sûr ! Fais comme chez toi, les amis de Nika sont mes amis.

Nos regards veulent tout dire. Sans ajouter un mot de plus, Céleste se contente de fermer délicatement la porte derrière nous et s'assoit sur le bord du lit.

— Je n'arrive pas à savoir si tu es au courant, mais ta Lou, c'est vraiment La Vengeresse, m'avoue-t-elle d'un ton sincèrement triste. Je ne sais pas ce qui t'a fait changer d'avis par rapport à ton impression initiale, mais quand je suis arrivée chez elle avant-hier et que tu m'as montré sa chambre, j'ai remarqué quelque chose sous son lit. Je suis désolée d'avoir trahi ta confiance, mais quand t'es allée aux toilettes, j'ai regardé, et c'était un dessin d'une des victimes de La Vengeresse. Sur le verso de la feuille, il y avait un dessin d'un cupcake empoisonné, ce qui a été utilisé pour le tuer. Entre ça et tous les indices que tu as toi-même trouvés sur Internet, je peux t'assurer que…

La voix bienveillante de Céleste m'indique que je peux lui accorder ma confiance. Tout avouer à quelqu'un d'extérieur me fera du bien. Aussi, au vu de nos échanges sur le sujet, sur si les actes de Lou sont moraux ou non, je suppose qu'elle me comprendra.

— Oui, je suis au courant, je confesse donc. Mais elle n'est pas que la…

— Pardon ? m'interrompt-elle brusquement. Tu étais au courant et tu ne l'as toujours pas dénoncée à la police ? Carrément, c'est devenu ta meuf ?

— On n'est pas ensem...

— Nika, ce n'est pas le sujet !

Je vois au visage de Céleste qu'elle regrette aussitôt d'avoir augmenté de volume. Elle craint sans doute que Lou l'écoute et peut-être même la tue.

— Pardon. Lou ne veut plus jamais tuer, je te l'assure. L'envoyer en prison ne serait pas forcément le plus...

— Mais t'es devenue débile avec ta vision du monde ? Désolée de te le dire, Nika, on a tous compris que tu étais anticarcérale, mais ce n'est pas le cas du reste de l'humanité. Lou mérite de finir en prison, parce qu'elle a tué des gens, peu importe si elle a changé. On s'en fout que ses victimes soient des connards. La justice doit faire son travail, c'est tout.

Je soupire et m'assois de l'autre côté du lit, près des oreillers.

— Ta vision de la justice s'apparente plus à une forme de vengeance qu'à une volonté de bien commun. Lou n'a pas besoin d'aller en prison, puisqu'elle ne tuera plus.

— Ta gueule avec ton rêve de justice parfaite et idéale. Et puis, ce n'est pas une vengeance, c'est une punition. Tous les mauvais actes méritent d'être réprimandés.

— Sa propre conscience s'en occupe déjà assez. L'envoyer pourrir trente ans ne ressuscitera pas les violeurs qu'elle a butés. Mais bon, tu me diras que ce n'est pas l'avis des autres, donc tant pis.

Elle hoche la tête pour confirmer ma supposition.

— Tu vas faire quoi maintenant ? Nous dénoncer à la police ?

— Toi, non. T'es amoureuse, donc conne, je ne veux pas qu'on te sanctionne. Je me débrouillerai pour trouver une version qui fait en sorte que tu n'aies aucun rapport répréhensible avec cette histoire.

Je froisse la couverture entre mes mains. Je comprends presque l'envie de Violette d'hier, parce que je ne trouve pas comment faire taire Céleste autrement qu'en la tuant. Cette pensée affreuse est vite remplacée par une autre.

— Tu veux quoi en échange de ton silence ? je demande, presque désespérée. Peu importe ce que tu demandes, je le ferai, si ça permet d'empêcher que tu dénonces Lou.

— Nika... Je ne te demande rien. Tout ce que tu peux m'offrir, je peux aussi l'avoir. Je veux juste rétablir un peu de justice dans ce monde. Avec un peu de chance, elle sortira dans trente ans si sa détention provisoire ne dure pas trop.

Non. Je ne veux pas vivre trente longues années sans Lou. C'est la première fois que j'aime, je ne sais même pas si j'arriverai un jour à ressentir à nouveau ce sentiment, et on ne me laisse même pas en profiter quelques mois.

— Je t'en supplie, Céleste, je ferai n'importe quoi, si tu veux. S'il te plaît.

Des larmes s'accumulent dans mes yeux, elle les remarque, puisque son visage s'assombrit un peu plus.

— Je suis désolée, Nika, ça ne fonctionne pas de cette manière. Je voulais te prévenir pour pas que tu aies à supporter une descente de police qui arrive de nulle part.

— Merci pour l'intention, je suppose.

Céleste étire son bras jusqu'à moi et attrape ma main, qu'elle serre avec tendresse.

— Tu as une idée d'excuse pour te dédouaner ? demande-t-elle.

— Il faut qu'on en parle avec Lou. Elle soutiendra la version qu'on donnera si ça me permet d'être saine et sauve.

Elle secoue sa tête.

— On n'a pas le temps de lui expliquer toute la situation, la police m'a dit qu'ils arriveraient aux alentours de midi quand je leur ai dit que je voulais passer. Normalement, je ne suis même pas censée être ici.

D'un geste de main assez brusque, je me libère de l'emprise de Céleste. Sans écouter ses conseils, je bondis jusqu'à la porte et l'ouvre. Dans le salon, j'ordonne à Lou de rentrer dans la chambre. Surprise, elle me rejoint d'un air inquiet.

— Il se passe quelque chose ?

— Nika putain, je t'ai dit qu'il ne fallait pas…

— Rien à foutre. Maintenant, explique à Lou tout ce que tu m'as dit.

Céleste lâche un long soupir et lève la tête. Son regard croise celui de Lou, qui oscille entre elle et moi. Complètement perdue, l'inquiétude s'installe en elle.

— J'ai compris que tu étais La Vengeresse et j'ai prévenu la police, désolée, avoue-t-elle. Mais je n'ai rien dit à propos de Nika, et il faut qu'on trouve une histoire sur laquelle se mettre d'accord pour l'innocenter. Parce que là, elle est coupable de non-dénonciation.

Le visage de Lou se décompose, ses yeux brillent et ses lèvres tremblent. Elle se frotte aussitôt les tempes et coiffe ses cheveux dans une rapide queue de cheval, comme un moyen de se motiver.

— Bon. Je suppose qu'on n'a pas le choix, souffle-t-elle d'une petite voix. Fallait bien que justice soit faite à un moment. J'aurais juste voulu profiter d'un peu plus de temps avec Nika.

Sa capacité à accepter la situation m'impressionne presque plus que Céleste. Elle se force à lui sourire, je comprends qu'elle apprécie son sens de l'honneur.

— On va juste un peu déformer la réalité. Quand j'ai découvert que tu enquêtais sur moi, je t'ai kidnappée et je ne t'ai laissé aucun choix. Tu as toujours essayé de t'échapper, par exemple, tu as prévenu Céleste quand elle est venue filmer une vidéo, mais c'était trop risqué. Je te forçais à te balader avec moi pour pas que ce soit trop suspect.

— Et le voisin ? Et ma mère ? Ils savent que je t'aime.

— Je ne pense pas qu'ils poseront trop de questions à ton propos étant donné que tu es arrivée dans ma vie presque un an après mon dernier meurtre. Tu n'es pas complice, tu ne m'as juste pas dénoncée.

Je me tourne vers Céleste, qui enroule une mèche de cheveux entre ses doigts.

— Ça tient la route ? je lui demande.

— Je pense pas qu'on trouvera mieux vu le temps dont

on dispo…

Quelqu'un d'autre toque à la porte, ce qui interrompt mon amie. On comprend toutes les trois qu'il s'agit de la police.

— Je vais leur ouvrir, se propose Céleste. De cette manière, je pourrai leur dire que tu t'es déjà rendue et qu'ils n'ont pas besoin d'utiliser la force.

— Ils t'écouteront ? s'inquiète Lou.

— Je ne pense pas, mais vaut mieux tenter.

Elle se lève du lit et glisse jusqu'à l'entrée.

Mon cœur bat la chamade, je comprends que c'est mon heure d'agir et d'empêcher Lou de se faire arrêter.

Je ne réfléchis pas plus longtemps, je me précipite jusqu'à la porte de sa chambre et la ferme à clé. Au même instant, Céleste accueille les forces de l'ordre, qui lui hurlent dessus.

Chapitre 35

Lou

— Si on saute sur le balcon des voisins, on peut facilement atteindre la rue ! s'exclame Nika. On pourrait essayer de s'enfuir, de voler une voiture et de se réfugier dans une forêt ? Les Pyrénées ?

— Arrê...

Elle ne m'écoute pas, elle fouille dans mes placards et mes tiroirs à la recherche de je ne sais trop quoi. Je m'aperçois trop tard qu'elle cherchait le pistolet de mon grand-père et, surtout, qu'elle l'a trouvé. Avec, elle pointe la porte de ma chambre, que les policiers essayent d'ouvrir.

— Nika, putain, lâche cette arme ! je hurle si fort que je sens ma voix se casser dans ma gorge.

— Non ! Je refuse de t'abandonner ! Je ne veux pas vivre sans toi !

Cette dernière phrase me fait réaliser l'ampleur de son attachement. Malgré tout, je ne peux pas la laisser menacer un policier avec une arme à feu. Ça risque de la compromettre et peut-être même d'aggraver mon cas. Alors, je bondis par-dessus mon lit et l'immobilise. Je bloque contre le mur le bras Avec lequel elle tient le pistolet, j'essaye d'atteindre l'arme malgré notre différence de taille.

Au même instant, un intense choc me fait sursauter. Les policiers hurlent dans tous les sens, ils m'ordonnent de lâcher Nika. Je me retourne, je remarque avec effroi la porte renversée sur le sol qu'ils piétinent.

J'hésite entre obéir et risquer que Nika utilise l'arme à feu ou me focaliser sur elle pour l'empêcher de faire une connerie.

Les pistolets des six policiers pointés sur moi m'encouragent à respecter leur ordre. Je tourne lentement le dos à Nika et lève mes bras en l'air, sentant mon pouls s'accélérer et l'anxiété s'imposer. Dans le coin de mon champ de vision, je devine la silhouette de Nika, qui bouge dans tous les sens.

— Arrêtez, pas besoin de la menacer avec le flingue ! ordonne le plus âgé des policiers.

Je comprends que pour appuyer la version établie un peu plus tôt avec Céleste, Nika fait semblant de vouloir se défendre. Je ressens une profonde douleur, car malgré la conscience de son acte, constater qu'elle me menace avec une arme me brise le cœur.

— C'est bon, Nika, ça n'en vaut plus la peine.

J'essaye de parler d'une telle manière qu'elle puisse comprendre le double sens.

— C'est fini, Nika, calme-toi, je répète. Je vais me rendre, tout avouer, puis on me jugera. Je finirai en prison assez d'années jusqu'à ce qu'on soit sûr que je ne recommencerai pas.

Sur ces paroles, je tends mes mains aux policiers. Étonnés par mon comportement, ils hésitent quelques secondes avant de me passer les menottes. J'en profite pour lever les yeux et contempler le visage plein de larmes de Nika.

Je ne sais pas quand je la reverrai ni même si je la reverrai, alors je profite de cet instant pour mémoriser tous ses traits. Son petit nez recouvert de taches de rousseur, ses joues bombées, ses lèvres rosées, ses cheveux ébouriffés.

À défaut de pouvoir lui dire clairement, je lui lance un dernier regard dont, j'espère, elle comprendra le sens : *je t'aime.*

Chapitre 36

Nika - Quatre ans plus tard

Je découpe une part de tarte au sucre et la tends à ma mère. Depuis mon passage en France, je me suis transformée en passionnée de pâtisserie, sans doute pour combler le vide de ne plus être avec Lou. Je refuse de trop m'attarder sur mes émotions en lien avec elle, parce qu'autrement, je déprime.

Maman apprécie mon nouveau passe-temps. Elle attrape le gâteau et en dévore le bout avant de m'adresser un grand sourire.

— C'est délicieux. Tu es talentueuse, me lâche-t-elle.

— Merci ! Maintenant que j'ai réalisé mon objectif de publier un roman, il faut bien que je trouve d'autres *challenges* pour animer ma vie.

Elle lève les yeux au ciel.

Je suis incapable de prendre des pauses, je dois toujours avoir un défi à surpasser pour éviter à la tristesse de prendre trop de place dans mon esprit.

Depuis mon voyage en France, il s'est passé une tonne de choses. J'ai terminé ma fantasy et réussi à trouver un éditeur français. Par syndrome de l'imposteur, lors des envois, je n'ai pas mentionné ma présence sur les réseaux. Ça, je ne le dis pas au grand public, j'ai le droit de garder mon mérite pour moi-même. Que les autres pensent que j'ai été pistonnée m'importe peu.

    J'ai aussi écrit un second roman, presque un témoignage, à propos de Lou et de notre relation, qui, lui aussi, a trouvé preneur. Je ne l'ai pas encore annoncé sur les réseaux sociaux, mais on m'a expliqué que j'avais le droit d'un peu le *teaser* sur les formats qui ne durent pas, tels que les stories ou les live Twitch.

    Malgré les années, Lou fascine toujours autant. De son arrestation à son emprisonnement, on ne parlait que d'elle. Bien sûr, on l'a condamnée à la peine maximale, sans libération conditionnelle. Lou n'a pas fait appel. Officiellement, parce qu'elle acceptait la peine. Officieusement, elle m'a avoué dans un des courriers qu'elle avait la flemme.

    Surtout, elle s'y attendait, elle était prête à accepter ce qu'on lui imposait. Sa dignité, sa capacité à comprendre la gravité de ses actes et leurs conséquences a beaucoup plu à l'opinion publique. Elle a agi parce que sinon, les agresseurs sexuels continueraient, cependant, elle a toujours été consciente que ce n'était pas la bonne solution. Lors du procès, elle a aussi lancé quelques tacles envers la justice et la police française, ce qui a augmenté sa sympathie.

    Enfin, elle a bien précisé l'implication de Violette et son souhait de monétiser les meurtres. Son amie aussi a eu droit à un procès, où on m'a forcée à témoigner au sujet de sa tentative de meurtre – ce qui ne fut pas franchement agréable. Au vu de son implication profonde dans toute cette affaire, elle s'est pris la même peine que Lou, bien qu'elle ait décidé de faire appel.

En quatre ans, les gens n'oublient toujours pas Lou. La tueuse féministe, la jolie tueuse parfois, l'ex de Nika, souvent. Parce que c'est bien connu, une femme ne peut pas exister par elle-même. Elle sera toujours la copine de quelqu'un, la fille de quelqu'un, la sœur de quelqu'un, mais jamais *elle*.

En tout cas, toutes sortes de rumeurs courent à propos de notre relation.

J'ai peur qu'on me prenne pour une mauvaise personne quand on lira mon prochain livre. Qu'on pense que je suis un monstre, parce que je l'ai aimée. Et surtout, j'ai peur qu'on la juge elle, qu'on interprète mal mes propos pour la mettre dans l'embarras. Qu'on lise mes descriptions de sa personne avec une mauvaise foi qui les empêchera de comprendre qu'elle est formidable.

Parfois, je lui envoie des courriers, même si ça reste assez compliqué de communiquer avec elle, puisqu'elle se trouve à l'autre bout du monde. Bien sûr, elle a respecté sa promesse de m'envoyer des cadeaux tous les mois. Avec le budget limité de la prison, ce ne sont que des dessins qu'elle fait elle-même, mais c'est l'intention qui m'importe.

Elle pourrait m'offrir des chaussettes que je serais heureuse.

Avec Céleste, nous avons filmé une troisième et dernière vidéo qui a contribué à lui donner une image plus sympathique aux yeux du public. Les gens, habitués à mon approche empathique envers les criminels, n'étaient pas surpris de me voir bien parler d'elle. Par contre, la bienveillance de Céleste les a tous impressionnés.

Malheureusement, Lou est aussi devenue un modèle. Des personnes sur Twitter ou TikTok affirmaient avec enthousiasme que c'était une reine, puisqu'elle s'en est prise qu'à des hommes violents. Des gens l'ont idéalisée, ont fantasmé à son propos, ce qui me mettait mal à l'aise.

J'adore Lou, je suis la première à la défendre, mais elle a quand même tué des gens. Certains la présentent comme une personne inspirante, ce qui est irresponsable.

— Nika, tu vas bien ?

Ma mère secoue sa main devant mes yeux, m'arrachant de mes souvenirs.

— Pardon, je pensais à Lou, je lui avoue.

Son regard peiné me brise le cœur. Elle aurait adoré que cette histoire se termine d'une autre manière pour *enfin* pouvoir rencontrer mon premier véritable amour.

— Tu n'arrives pas à l'oublier ?

Je secoue la tête. Je pose mon regard sur la cuisine de notre maison. Le carrelage jaune collé au mur donne un aspect assez vieillot et, si j'ose dire, laid. Pourtant, j'apprécie cet endroit et je m'y réfugie lorsque mes souvenirs refont surface.

La France m'a apporté un cœur brisé, mais aussi de nouvelles bases pour une relation avec ma mère. Ça ne rattrape pas ses années à être distante et froide, cependant, ça nous permet de pardonner et de recommencer une nouvelle relation.

Comme Lou avant de se faire arrêter, on efface tout le contenu du livre et on débute une nouvelle histoire. Elle n'est pas encore parfaite, en tout cas, elle est déjà bien meilleure.

L'unique chose qui me chagrine, c'est la solitude.

J'ai beau échanger avec Lou, ce n'est pas pareil. Je ne la reverrai pas avant des années. Je ne sentirai plus sa présence, ses gestes d'affection, rien. Peut-être qu'en prison, elle rencontrera une autre femme avec plus de points communs et la distance en moins, et qu'elle finira par m'oublier. La jalousie dans les relations à distance, je peux gérer, juste pas sur trente ans.

— Je sais que je ne peux pas passer ma vie à attendre qu'elle soit libre, qu'il faut que je tourne la page, mais je n'y arrive pas. J'ai l'impression que je ne rencontrerai plus jamais quelqu'un comme elle.

— Tu sais, Nika, on a tous cette impression quand on perd notre premier amour. Ce que j'essaye de te dire, c'est que tu arriveras à surmonter cette épreuve, au bout d'encore plusieurs années, mais ça ira.

Maman n'est pas encore très douée pour remonter le moral, et je ne lui en tiens pas rigueur. Elle essaye de me rassurer, c'est la première fois qu'elle essaye, alors c'est normal qu'elle rame encore un peu.

— Bon Man, je dois te laisser, je pars bosser. Je dois commencer assez tôt pour correspondre aux horaires des Français pour les live.

*

Je jette un rapide coup d'œil sur le chat. Il défile à toute allure, la plupart des commentaires ne sont que des blagues, quelques emojis et parfois, des questions à mon sujet. De temps à autre, une personne un peu trop curieuse m'envoie un message pour en savoir davantage sur Lou.

Pour l'instant, la version officielle dit qu'elle m'a forcée à rester chez elle pour éviter que je ne la dénonce. Toutefois, j'ai déjà vu passer des TikTok de gens lançant l'idée selon laquelle j'appréciais juste la compagnie de Lou, qu'on était en couple. J'ai liké la publication.

Je lâche le sac que j'essaye de réaliser en crochet et profite d'un commentaire pour enfin lancer le sujet que je redoute tant.

tagadafraise 78 : Est-ce que tu as d'autres projets de roman ? J'ai adoré le tien !

Je lis le message à voix haute, puis j'inspire si fort qu'on pourrait presque croire que j'essaye d'avaler tout l'air de la pièce.

— Alors, j'ai effectivement un truc qui, par contre, ne sera pas de la fiction. Je sais que ce qui s'est passé il y a quatre ans en France à propos de Lou, enfin, plutôt La Vengeresse, vous intéresse pas mal. Beaucoup de gens se demandent quelle était ma véritable relation avec elle, quels sont les secrets que je vous ai cachés. Eh bien, j'ai écrit un texte, d'abord pour cracher toutes mes émotions. Je l'ai envoyé à quelques éditeurs sans trop y croire, et au final, il a plu à l'un d'eux. Enfin, soyons honnêtes, ce qui leur a plu, c'est que je parle d'une tueuse en série super connue et que je le sois moi-même aussi. Mais ce n'est pas trop grave, je vais avoir un second roman qui sera publié dans... trois mois !

Le chat s'inonde de commentaires d'excitation, d'impatience et de curiosité. Certains me posent des questions à propos de ma relation avec Lou, d'autres me demandent s'il est possible de précommander le texte.

— Les précommandes arrivent bientôt, oui. Je vous donnerai plus d'informations à ce moment. Pour ma relation avec Lou, vous verrez au moment de la lecture. Mais si jamais, elle est au courant que je vais publier ce texte, et on discute encore assez souvent. Enfin, dans la limite du possible entre la distance géographique et la prison entre nous.

Une personne me demande si j'étais amie avec Lou.

— On était bien plus qu'amies, je vous l'assure. Bon, allez, reprenons le *tote bag* fait maison ! Je ne sais pas si ajouter des accessoires à genre faire pendouiller par-dessus ou non... Vous me conseillez quoi ?

Le public ne parvient pas à changer de sujet, déjà trop excité face au peu d'informations données.

Au final, j'ai atteint l'objectif souhaité lorsque j'ai débarqué en France. J'ai pondu un format qui change de d'habitude avec une description de Lou qui sort des sentiers battus. Et surtout, ça m'a apporté la gloire que je pensais tant chercher. Mon nombre d'abonnés n'a fait qu'augmenter, atteignant le million sur YouTube et plusieurs milliers de *viewers* réguliers sur Twitch.

— Oh, arrêtez d'essayer de me soutirer des informations sur le livre, vous n'en aurez pas plus pour l'instant ! Je dois garder le suspense, sinon j'ai une éditrice qui va m'engueuler demain !

Sur cette dernière information, je poursuis mon direct comme si de rien n'était. Sûrement parce que c'est un peu le cas. Plus rien ne se passe depuis que Lou est en prison.

Epilogue

Elle m'attend.

Elle me l'a promis, et la voilà à la sortie de la prison. Après trente putains de longues années, elle se trouve sur le parking, appuyée contre sa voiture, à m'attendre.

Je n'y croyais pas, je pensais qu'elle m'aurait oubliée.

Lorsque j'ai appelé Nika pour lui dire que c'était fini, elle a fondu en larmes.

Aujourd'hui, elle est devenue une autrice traduite dans le monde entier. Son court roman à mon sujet a intrigué la Terre, le portrait qu'elle a fait de moi n'a fait qu'augmenter mon capital sympathie, si on peut l'appeler de cette manière.

Je regrette de ne pas avoir pu être à ses côtés lors des parutions de ses différents romans, même si j'ai assez travaillé en prison pour tous les acheter. Là-bas, les « salaires » sont si bas qu'un simple livre de poche devient trop cher s'il ne se trouve pas à la bibliothèque.

Je me suis sentie coupable de ne pas avoir pu la soutenir lors de la mort de sa mère. Lorsqu'elle angoissait sur son souhait de se retirer des réseaux sociaux. Lorsqu'elle avait des coups de blues en hiver.

C'est logique, nous étions éloignées par la mer et surtout, une prison, mais c'est douloureux. J'ai vu ma jeunesse défiler derrière les quatre murs de cette enceinte sans pouvoir y faire grand-chose. Pour autant, je n'ai pas rien fait. J'ai poursuivi mes études. J'ai obtenu mon bac, puis trois licences, parce qu'on a du temps à tuer, en trente ans. Ensuite, je me suis proposée pour la gestion de la bibliothèque, histoire de rester en lien avec les livres.

Certes, j'aurais préféré la liberté, encore plus quand on connaît les conditions de détention en France. Pourtant, je ne regrette pas mes meurtres. Si je ne les avais pas commis, ces hommes auraient poursuivi leurs crimes, impunis par une justice trop laxiste lorsque les violences concernent les femmes. Et surtout, Nika n'aurait jamais enquêté à mon sujet et je ne l'aurais jamais rencontrée.

Je n'aurais pas agi de la même manière si je pouvais retourner dans le passé. Mais puisque ce n'est pas possible, j'arrive à plutôt bien me satisfaire de ma vie actuelle.

— Lou !

La voix de Nika m'arrache de mes pensées. Un peu plus grave qu'avant, je reconnais cependant son intonation et son accent.

Elle se précipite en courant vers moi malgré la pluie. Lorsqu'elle m'atteint, elle me serre contre elle de toutes ses forces. L'espace de quelques secondes, je me retrouve projetée des années en arrière, dans mon vieil appartement.

On s'éloigne l'une de l'autre, Nika fronce les sourcils quelques instants.

— Pourquoi tu ne m'as pas dit que tu étais devenue aussi belle ? Ça se voyait déjà en photo mais là, wow, un bijou.

Mes joues s'empourprent.

— Toi aussi, t'es pas mal… Même si tu as la même coupe de cheveux.

Elle lève ses yeux vers ses cheveux et passe sa main dedans. Lorsqu'on m'a expliqué que je ne sortirais pas avant mes cinquante ans, j'ai paniqué. Je m'imaginais qu'à cet âge-là, je serais toute fripée, aux cheveux gris, proche de la mort. C'est une vision un peu exagérée qu'avait la jeune moi, parce qu'en réalité, on reste encore en forme. Peut-être que j'ai plus facilement mal au dos, et encore, ce sont sans doute les lits de la prison, mais on a encore l'âge de découvrir plein de choses.

— Elle me va bien au visage, je ne vois pas pourquoi la changer, se défend Nika.

Elle glisse ses bras sur mes épaules et m'emmène jusqu'à sa voiture toute rouge.

— Tu te rends compte qu'on pourra enfin vivre ensemble ?

— Non, pas encore. En tout cas, je meurs quand même d'impatience.

Comme si elle tenait à prouver ses paroles, Nika m'embrasse. Pour la première fois depuis des années, je sens à nouveau le goût de l'amour.

Et surtout, de Nika.

Remerciements

Comme vous le voyez, je ne pouvais pas rester sur une sad end. Alors, on va partir du principe que Nika est juste la personne la plus romantique et fidèle du monde et voilà, c'est réaliste !

Ok, plus sérieusement, merci d'avoir lu mon second roman ! J'espère que ces quelques pages en compagnie de Lou et Nika vous auront apporté un peu de joie ! Elles sont – très – imparfaites mais qu'est-ce que je les aime mes enfants…

Je remercie toute ma *team* de bêta-lecteurs pour m'avoir aiguillé lors de ce projet, Gaëlle pour la correction, mes parents pour le soutien moral (si je ne les remercie pas, ils seront énervés) et Ana pour la Québéquisation des masses.

Si ce roman vous a plu, retrouvez-moi sur Instagram (@aya_balbuena) pour suivre toute mon activité littéraire !

Bisous !

Aya ♥